LA VIE EN DÉSORDRE

Voyage en adolescence

Pédopsychiatre, longtemps chef de clinique à l'hôpital Sainte-Marguerite, le Pr Marcel Rufo a été chef de service à l'espace Arthur (service de psychiatrie de l'enfant et de l'adolescent), à l'hôpital de la Timone à Marseille. Actuellement directeur médical de la Maison de Solenn – Maison des adolescents à l'hôpital Cochin, à Paris, il est l'auteur de plusieurs ouvrages, dont *Œdipe toi-même !*, *Tout ce que vous ne devriez jamais savoir sur la sexualité de vos enfants* et *Détache-moi !* (Éditions Anne Carrière).

Paru dans Le Livre de Poche :

DÉTACHE-MOI ! SE SÉPARER POUR GRANDIR

FRÈRES ET SŒURS, UNE MALADIE D'AMOUR

ŒDIPE TOI-MÊME !

TOUT CE QUE VOUS NE DEVRIEZ JAMAIS SAVOIR SUR LA SEXUALITÉ DE VOS ENFANTS

En collaboration avec Marie Choquet :

REGARDS CROISÉS SUR L'ADOLESCENCE

Pr MARCEL RUFO

La Vie en désordre

Voyage en adolescence

ÉDITIONS ANNE CARRIÈRE

ISBN : 978-2-253-12557-0 – 1re publication LGF

À Bernadette, enfin j'ose !
Merci de m'avoir permis
de vivre mes rêves.
Merci à Michel et Barbara, disparus.
J'ai eu la chance de croiser vos vies.

Avant-propos

Je suis un vieux pédopsychiatre, un « archéo-psy », dis-je parfois. Mais il se pourrait bien que l'âge, considéré trop souvent comme un handicap, représente un atout dans ce métier si particulier. Parce qu'il est synonyme de temps, il permet l'expérience, une expérience faite de rencontres, d'interrogations, de doutes, d'erreurs, de progrès, d'échecs, de remises en question, d'approfondissements, de changements… et de quelques succès aussi, quand même. Ce temps passé, ces expériences accumulées autorisent à avoir un regard, une vue d'ensemble – sur ma vie, sur ma pratique, sur l'évolution de la pédopsychiatrie, cette drôle de spécialité qui en est encore à ses débuts.

Il m'apparaît que toutes ces années passées n'ont eu, paradoxalement, qu'un fil conducteur : le désordre. Désordre de la vie, avec ses découvertes, ses ruptures, ses deuils, ses imprévus. Désordre du psychisme et de ses va-et-vient permanents pour tenter de trouver un équilibre entre ses différentes instances : le ça, le surmoi et le moi, afin de vivre le plus harmonieusement possible avec soi-même mais aussi avec les autres. Sans cesse en mouvement, le jeu psychique est fait de souplesse, d'adaptabilité, de compromis qui permettent l'anticipation, la projection dans l'avenir, la négociation interne… On pense, on rêve, on élabore, on s'échappe, on se trompe, on repart, on improvise et on commence à avoir une idée de ce que l'on est… Mais le trouble vient figer les choses, à tout le moins les rigidifier. On dit alors que le jeu psychique se retrouve dans une impasse, comme si le sujet, ayant perdu sa capacité d'adaptation, se cognait toujours au même mur, réagissant à chaque fois d'une seule et même façon, par un même symptôme, une même attitude, sans jamais réussir à trouver d'autres moyens de faire face aux différentes situations qui se présentent à lui.

Très jeune, j'ai été confronté à mon désordre intérieur. Pour diverses raisons, mes parents me laissaient souvent durant plusieurs mois à Imperia, en Italie, dans ma famille maternelle. Nanin, le patriarche, partant à la pêche, sa femme Elvira vaquant à ses occupations, il arrivait que je me retrouve seul dans la maison. Je pouvais alors me livrer à l'une de mes occupations favorites : je fermais les volets et lançais contre le mur une petite balle de mousse, comptant inlassablement les allers-retours. Je passais mon temps à essayer de battre mes propres records. 253, 318… Souffrais-je de TOC (trouble obsessionnel compulsif) ? Pas dans la mesure où ce rituel ne m'empêchait pas de vivre par ailleurs. De toute façon, dans les années 1950, personne ne parlait encore de TOC ; grâce à cela, j'ai peut-être échappé à une carrière de « toqué ».

Pourtant, les rituels faisaient partie de ma vie et, quand je ne lançais pas de balle contre le mur, je découpais soigneusement les aliments en deux portions égales, l'une que je mangeais, l'autre que je laissais. Finaude, ma mère avait fini par ne me présenter qu'une demi-tranche de jambon, mais, peine perdue, je la coupais encore en deux. Que pouvais-je bien chercher à travers ces activités répétitives, assez caractéristiques d'une névrose obsessionnelle précoce ? À éloigner mes pensées, à ne pas me laisser envahir par elles. Je les envoyais rebondir contre le mur avant de les réintégrer, le temps de comprendre pourquoi elles naissaient en moi et ce qu'elles avaient à me dire. Plutôt que d'effacer le désordre, j'essayais de le faire mien.

Est-ce à ce moment-là qu'est née une vocation dont je n'ai pris conscience que bien des années plus tard ? En effet, le psychiatre n'est pas celui qui met de l'ordre dans le psychisme : il aide chaque patient à apprivoiser son propre désordre qui fait toute sa richesse et sa singularité.

Introduction

De l'asile psychiatrique à la Maison de Solenn

J'avais commencé des études de médecine, davantage par hasard que par véritable vocation, un peu en dilettante, sans savoir vers quelle spécialité je m'orienterais le moment venu. La chirurgie me tentait mais, après quelques expériences d'externe, j'ai préféré la neurologie, puis la neuropsychiatrie. Le cerveau et son fonctionnement me paraissaient assez complexes pour que je puisse y consacrer ma vie.

Lorsque j'ai annoncé à mon père que j'allais devenir psychiatre, il a eu ces mots, en toulonnais teinté de fatalisme : « Je savais que ça se terminerait comme ça. » Il était persuadé que j'étais perdu, sans doute à moitié fou moi aussi. Cette conviction n'était pas due seulement à son manque de culture et d'instruction, mais plutôt au fait que, au début des années 1960, la psychiatrie était une discipline presque souterraine, mystérieuse en tout cas. Les fous étaient enfermés et, par voie de conséquence, les psychiatres aussi, travaillant à l'ombre de murs formant une frontière étanche entre le dedans et le dehors, l'extérieur bruissant de rumeurs plus ou moins extravagantes à propos de ce qui pouvait se dérouler à l'intérieur. Malades mentaux et psychiatres étaient alors pareillement invisibles. Et pareillement inquiétants, je n'allais pas tarder à le découvrir.

1965. Première expérience en tant qu'externe dans un service de psychiatrie pour adultes. À cette époque, qui peut sembler la préhistoire, on parlait encore d'asiles, où étaient enfermés ceux que l'on désignait sous le terme de « fous ». Ils étaient rassemblés dans une salle commune dont la porte s'ouvrait avec une énorme clé que l'on m'avait confiée et que je gardais pendue à ma ceinture, et je me faisais l'effet d'être un geôlier du Moyen Âge. Il y avait là une psychotique de 25 ans, autant dire très jeune par rapport aux autres patients. Chaque jour, lorsque j'effectuais la visite, à peine avais-je ouvert la porte qu'elle se précipitait sur moi en criant « pan pan ! », après quoi elle s'agrippait à mon bras et ne me lâchait plus. Passée la première surprise, je me suis habitué à cette conduite pour le moins étrange. Pire encore, il m'arrivait de crier « pan pan ! » moi aussi, ce qui avait pour effet de faire fuir la jeune fille…

Il y avait aussi celle que j'appelais la femme-oiseau. Faute de réussir à voler comme elle en rêvait, elle grattait la terre de la minuscule cour avec ses doigts-griffes pour en extraire des vers imaginaires qu'elle feignait de gober. Un jour où l'interne m'a demandé de mettre à jour les dossiers, j'ai retrouvé celui de cette femme, qui contenait en tout et pour tout deux pages. Elle avait été ramassée, errante et délirante, sur la voie publique dix-huit ans plus tôt et survivait ici depuis cette date, sans que nul ne songe plus à tenter quoi que ce soit pour améliorer son état, sinon à lui administrer sa dose journalière de médicaments. Presque vingt ans de vie résumés en moins de deux pages… Et combien d'années à venir encore, entre ces mêmes murs, sans que son dossier épaississe, les médecins se bornant à noter, avec une économie de mots dérangeante, le constat de sa pathologie incurable ?

Une autre femme s'était fabriqué une sorte de cabane avec un amoncellement de cartons, de cageots, de papiers, qui formaient des murs improbables… Pauvre royaume sur lequel elle régnait et que nul soignant n'aurait songé à lui contester ! Elle racontait à qui voulait l'entendre qu'elle avait été élue par le diable, qui lui avait fait tant d'enfants qu'elle ne pouvait plus les compter ; elle voyait d'ailleurs en chacun d'entre nous un suppôt de Satan dont elle devait se méfier. Agressive avec les anciens, elle savait se montrer aimable avec les nouveaux venus. « Viens dans mon antre, leur disait-elle, mais n'oublie pas de payer le prix du secret… Un pot de Nescafé. » Chacun payait ainsi la dîme qu'elle réclamait, du moment que cela la maintenait dans une tranquillité relative.

L'asile, c'était autant de moments ahurissants, d'images inoubliables, dans un monde entre Goya et Jérôme Bosch, où les patients, entassés dans des salles communes, entre des murs gris, étaient condamnés à ne rien attendre ni rien espérer. Une galerie de personnages bouleversants, dont on finissait peut-être par oublier la souffrance.

Mais les soignants n'étaient pas moins étranges que les malades, et eux aussi avaient de quoi surprendre. Lorsque j'étais de garde la nuit, un infirmier me conseillait d'aller au cinéma, sous prétexte qu'il ne pouvait rien arriver ; et pour cause : il attachait les patients les uns aux autres avec des bouts. Un des chefs de service m'apprenait à percuter les pots de géranium afin de savoir s'ils avaient besoin d'être arrosés, me donnant l'impression qu'il avait perdu de vue des malades pour lesquels il s'était résolu à ne rien pouvoir faire. Et aussi cet autre chef de service d'un hôpital varois qui demandait que les patients sortent dans la cour afin que lui puisse faire ses visites à cheval, tel un général passant en revue ses troupes. Et moi qui ne m'étonnais plus de crier « pan pan ! » en entrant dans la salle commune…

Tout aussi coupés du monde que les malades, les soignants finissaient par adopter des comportements dont ils ne semblaient plus avoir conscience. Moi-même, j'avais été choqué au début mais, au bout d'un an et demi de ce régime, je ne m'offusquais plus de rien et trouvais tout cela presque normal. Sauf que cette étrangeté quotidienne entraînait chez moi des mouvements un peu excessifs dès que je franchissais les portes de l'hôpital et reprenais contact avec le monde extérieur. J'étais un amateur de foules ordinaires, un harangueur de bistrot, un exagéré du discours, un hurleur de tribunes de rugby… Il me fallait éclater de vie pour me débarrasser un peu du poids de la mort psychique qui condamnait les fous à survivre.

Sismothérapie, encéphalographie gazeuse, début des neuroleptiques aux effets secondaires très lourds, cures de Curétyl pour les alcooliques, hospitalisation des toxicomanes avec les malades mentaux, comme pour les punir de leur « mauvaise conduite »… Je ne voulais pas me l'avouer, mais la psychiatrie me désespérait. N'y avait-il pas moyen d'aider tous ces gens en amont, plutôt que d'attendre qu'ils s'enferrent dans un piège psychique dont on avait toutes les peines du monde à les aider à sortir ? Essayait-on seulement ? Ne préférait-on pas soigner les symptômes sans jamais s'attaquer à leurs causes inconscientes ? Tous ces malades étaient semblables à des gladiateurs qui, au lieu de manier le glaive et le bouclier, s'emmêleraient tout seuls dans le filet, devenant leur propre ennemi. À défaut de supprimer les rets, je rêvais d'en rendre les mailles plus lâches, afin de leur permettre de retrouver une certaine liberté de mouvement psychique.

« Je vous parle d'un temps que les moins de 20 ans ne peuvent pas connaître… » La chanson aussi est d'une autre époque, et c'est tant mieux. Que les moins de 20 ans en difficulté psychique ne connaissent jamais l'abandon, la résignation, le fatalisme, l'enfermement, l'isolement, tout ce qui faisait la psychiatrie de mes débuts. Qu'ils aient droit à la considération, au respect, à l'empathie, à l'ouverture. Et surtout, à l'espérance.

Celle-ci a commencé à renaître peu après mes premières expériences, alors que je vivais sans le savoir les derniers moments de l'asile à l'ancienne. Un peu partout dans le monde, des psychiatres œuvraient pour faire changer les choses, repenser la prise en charge. En Italie, en 1960, Franco Basaglia créait les premières communautés thérapeutiques et défendait les droits des malades psychiques ; il fut ainsi à l'origine de la Loi 180, dite loi Basaglia, qui promulguait la fermeture des hôpitaux psychiatriques et l'organisation de réseaux de soins au cœur des cités. En 1967, le Sud-Africain David Cooper publiait *Psychiatrie et Antipsychiatrie*, inventant avec Ronald Laing un courant de pensée qui allait engendrer pas mal de remous. Pour eux, les causes de la maladie mentale sont avant tout psychosociales, la folie servant de refuge à l'individu face à une situation sociale insupportable ; la prise en charge exclut toute contrainte et les patients deviennent responsables de leur traitement, avec le soutien des soignants, dont l'écoute est primordiale. En

1969, la psychanalyste Maud Mannoni créait l'école de Bonneuil-sur-Marne, lieu de vie et structure expérimentale pour l'accueil des enfants et des adolescents autistes, psychotiques et arriérés. En 1972, Gilles Deleuze et Félix Guattari signaient *L'Anti-Œdipe*...

On s'en doute, l'antipsychiatrie engendra une vraie remise en cause de l'approche psychiatrique des troubles. Elle fut à l'origine de certains excès, d'initiatives loufoques, mais aussi de réussites indéniables. Grâce à elle, rien ne fut plus tout à fait pareil dans le monde de la psychiatrie. Le sujet n'était plus abandonné à son trouble, mais enfin considéré, respecté.

Je travaillais alors dans un service de pédiatrie, sous la houlette de René Bernard qui me laissait carte blanche pour soigner comme je l'entendais. Je n'étais pas chef de service, mais je réfléchissais déjà à ce que pourrait être un hôpital presque idéal et, curieux de toutes les expériences qui étaient tentées çà et là, j'essayais de les mettre en pratique. À défaut de pouvoir toujours le faire, je les gardais dans un coin de mémoire pour, peut-être, m'en inspirer le moment venu.

Au hasard de mes voyages professionnels, j'ai ainsi été marqué par certains établissements. C'est d'abord l'hôpital du Kremlin-Bicêtre, dans les années 1970, dirigé par le Pr Daniel Alagile, qui empruntait beaucoup aux modèles américain, canadien et à ceux d'Europe du Nord. Il fut l'un des premiers à créer un service pour adolescents et un espace parents-enfants afin de favoriser la rencontre avec les familles. Il avait eu aussi la bonne idée d'inscrire à l'entrée du service, non pas le nom de son chef, mais celui de sa propre assistante parce que, plus présente, elle était plus utile pour le visiteur. Cela peut paraître un détail, mais il montrait que, dans un hôpital, il n'y a pas de seconds rôles : il s'agit toujours d'un travail d'équipe au sein de laquelle chacun, à sa place, est indispensable.

Il y a eu ensuite l'hôpital d'État Sainte-Justine, à Montréal, où chaque enfant recevait un cahier dans lequel il pouvait écrire ou dessiner sa maladie, empruntant au modèle suédois d'Ivoni Linquist et à sa ludothérapie : le jeu était considéré comme un soin en soi et, pour apprivoiser sa maladie, l'enfant était invité à opérer un ours en peluche…

À New York, à l'hôpital Bellevue, j'ai été frappé par la prise en charge des adolescents ayant fait une tentative de suicide. À leur sortie, rendez-vous était pris, huit jours plus tard, avec le référent médical. Si l'adolescent ne venait pas, celui-ci lui téléphonait. S'il ne parvenait pas à le joindre, il déléguait une équipe sur place. Quelle meilleure prévention de la récidive que cette médecine d'intervention à domicile ? D'ailleurs, les chiffres étaient éloquents : 50 % de récidives en moins.

Toujours aux États-Unis, le Children Hospital de Washington se composait d'un vaste bâtiment à l'architecture innovante, de forme ronde, avec un espace au centre. Loin d'être laissé vide, ce dernier était occupé par une galerie marchande avec librairie, pharmacie, magasins de vêtements, de jouets, de matériel informatique, où les gens circulaient librement. À Noël, on dressait un immense sapin couvert de décorations… La vie se retrouvait ainsi comme prise à l'intérieur de l'hôpital, au lieu d'être toujours en dehors, lointaine et inaccessible. Là, elle était au cœur de l'établissement, qu'elle faisait battre à son rythme.

Plus exotique, cet hôpital de Hanoï, complètement dévasté, où j'ai assisté à une scène que je n'oublierai jamais : un homme se tenait là, dans un couloir, accroupi à côté d'une grande bassine de riz, qu'il distribuait par poignées aux enfants hospitalisés. Tantôt ils mangeaient en silence, tantôt ils parlaient, riaient, s'apostrophaient, montrant que, malgré leur pathologie, ils réussissaient à trouver du plaisir à être ensemble, ils avaient gardé des capacités de contact qu'on leur donnait enfin la possibilité d'exprimer. Celui qui les nourrissait ainsi et les aidait visiblement à sortir de leur léthargie et de leur inhibition n'était pas un soignant, mais le père de l'un d'entre eux qui venait partager sa maigre nourriture avec plus pauvres que lui.

Et puis, il y a le Centre hospitalier de Saint-Denis, à la Réunion, dans le service de mon ami Jean-Claude Combes, qui avait travaillé à Montréal avec Wilkins, l'un des grands pionniers de la médecine adolescente au Canada. Un matin où je l'accompagnais dans sa visite, il désira voir en priorité un enfant qu'on lui avait signalé parce qu'il allait particulièrement mal. Le bambin n'était pas dans sa chambre, mais en cours de dessin. « À quel moment est-il libre pour que je le rencontre ? » demanda le médecin, offrant un modèle absolu de disponibilité : il laissait ses patients mener à bien leurs différentes activités, conscient qu'elles étaient essentielles à l'amélioration de leur état, au même titre que ses entretiens avec eux. On était très loin de la visite théâtrale des professeurs de psychiatrie à l'ancienne, convaincus que les patients devaient se plier à leur emploi du temps, et non l'inverse. À Saint-Denis, l'idée forte était que le malade n'est pas la possession du médecin, et qu'il est indispensable qu'il y ait entre eux une relation de respect réciproque.

Tous ces exemples m'ont assez marqué pour qu'on en retrouve les traces à la Maison de Solenn, sous une forme ou sous une autre. Les asiles paraissaient être la représentation architecturale de la psychose, le malade étant enfermé entre des murs comme il était enfermé dans son délire qui recréait un monde à part. Il était emmuré, psychiquement et physiquement, l'hôpital devenant une espèce de sarcophage. À l'opposé, la Maison de Solenn ne cesse de jouer l'ouverture, et les murs ont été remplacés par des vitres, ce qui n'a pas plu à tout le monde.

Cela revint, a-t-on dit, à offrir en pâture les patients aux regards extérieurs. Bien sûr, ces détracteurs se réclament de l'intérêt des patients et parlent en leur nom, ces pauvres adolescents que l'on contraint à s'exhiber quand ils veulent se cacher et se recroqueviller dans leur souffrance… Pourtant, aucun des intéressés ne s'est jamais plaint des vitres qui les relient à la ville alentour, leur donnent le sentiment que la vie est à portée de main et continue, avec eux. La seule remarque que j'ai entendue est celle d'une anorexique qui a dit un jour : « On se reflète beaucoup ici…

– Ça te dérange ?

– Non, de toute façon, je ne me regarde pas. »

Se montrer, être vu, est beaucoup moins grave que de rester isolé, se cacher, surtout à l'adolescence où l'extraversion est névrotiquement moins inquiétante que l'inhibition, le repli. Apercevoir des reflets de soi peut être un moyen d'appréhender à nouveau une corporalité qu'on ne voit plus soi-même. Les anorexiques, qui ne se voient pas, se dissimulent habituellement sous plusieurs épaisseurs de vêtements : le dérèglement physiologique entraîné par leur trouble fait qu'elles ont souvent froid, et elles laissent croire ainsi à leur entourage qu'elles ne sont pas aussi maigres que cela. Elles sont parfois dans un tel état de cachexie que chacun peut s'arranger de cette dissimulation : cela permet de ne pas regarder ce corps squelettique et d'en conserver une image différente, celle d'avant la maladie. C'est pourquoi, quand elles acceptent de se montrer, je considère que cela représente un progrès. L'autre jour, deux d'entre elles participaient à une visite au Louvre et sortaient avec leur sonde. Elles osaient affronter les regards, sans l'intermédiaire des vitres.

Finalement, dans les critiques portant sur la transparence de la Maison de Solenn, s'exprimait davantage la peur des bien portants : ils ne veulent surtout pas voir ceux qui sont en souffrance psychique et qui leur rappellent que nul n'est à l'abri. Ce sont les mêmes qui se félicitent de la fermeture des asiles… à condition que l'hôpital psychiatrique reste discret, derrière des murs épais et étanches, clos sur lui-même. Craignent-ils la contagion pour être aussi affirmatifs et tranchés dans leurs critiques ?

Notre société se veut championne de la tolérance. Chacun est sommé d'accepter et de respecter l'autre, tel qu'il est, avec ses différences. Noir, blanc, maghrébin, petit, gros, homo ou hétérosexuel, handicapé physique ou mental, tous égaux, tous semblables, tous avec les mêmes droits… Aucune discrimination n'est plus tolérée, et il faut s'en féliciter. Pourquoi les malades psychiques seraient-ils les seuls à être encore ostracisés ? Pourquoi ajouter du désarroi, de l'incompréhension, de l'inquiétude, de la honte, de l'isolement, de la solitude à des situations déjà douloureuses ? Les malades psychiques, minorité silencieuse tout en proie à son mal-être, n'auraient d'autre droit que celui de se taire. L'enfermement aggrave, parce qu'il accentue la fracture entre les autres et soi. Les adolescents hospitalisés ont besoin de protection, mais celle-ci ne doit pas être synonyme de mise à l'écart et les liens à l'extérieur doivent toujours être préservés.

Je crois essentiel que l'hôpital soit ouvert sur la ville. Qu'il y ait sans cesse des allers-retours entre le dedans et le dehors. J'aime que les patients puissent aller au cinéma, visiter des expositions, suivre des cours à l'extérieur. J'aime que les adolescents des lycées voisins viennent s'asseoir sur les marches de la Maison de Solenn pour boire leur Coca, qu'ils puissent entrer, visiter les expositions dans le hall, qu'ils côtoient les malades sans savoir qu'ils le sont, et ne se retournent même pas sur les anorexiques qui se baladent avec leur sonde. Et tant pis si, parfois, ils sont un peu bruyants et si, le soir, le parvis est jonché de canettes et des reliefs de leur pique-nique. Encore du désordre. Encore de la vie. Voilà une génération qui aura peut-être moins peur des troubles psychiques que les précédentes, qui n'aura plus la tentation de stigmatiser les malades.

Il faut se féliciter des moyens dont a bénéficié la Maison de Solenn et souhaiter que tous les services pour adolescents puissent recevoir les mêmes. Cela permet d'offrir aux malades un bâtiment beau, vaste, lumineux, propre, moderne, avec des chambres et des salles de bains individuelles qui, le temps de l'hospitalisation, deviennent la propriété de chacun, un espace à soi qu'il peut décorer comme il l'entend afin de s'y sentir bien.

Curieusement, alors qu'ils sont nombreux à être ici pour troubles du comportement, avec ce que cela suppose d'agressivité, de destructivité, d'attaque de l'environnement, il n'y a pas de dégradation des locaux, que ce soit les chambres, les salles de cours, de réunion ou de soins culturels. Les chambres sont souvent en désordre, ce qui est plutôt bon signe, mais abîmées, jamais. Il y a de l'agressivité bien sûr, des incompréhensions, de l'hostilité parfois, mais personne n'a eu de comportements violents.

Est-ce un hasard ? Non, le beau soigne aussi. Il est une marque de respect, au même titre que celui que leur témoigne l'équipe soignante, formée de jeunes, tous volontaires pour travailler là et pas ailleurs, motivés, qui se relaient pour assurer les gardes de jour et de nuit, afin d'apporter une continuité des soins et de la relation.

Lorsque l'on parle de *service hospitalier*, il faut réfléchir à ce que cela signifie. Cela inclut la notion de service – être au service des malades que l'on prend en charge – et celle d'hospitalité. Ce doit être un lieu accueillant où l'on se met à la disposition des adolescents pour leur donner les meilleures chances de surmonter les troubles qui les freinent dans leur conquête d'autonomie psychique.

De ce point de vue, la Maison de Solenn est un rêve de pédopsychiatre.

1. Ni diagnostic, ni pronostic

Je suis de ceux qui pensent que, quelles que soient les difficultés, rien n'est jamais joué, parce que la vie offre à chacun des possibilités de remaniement et d'apaisement. Néanmoins, par rapport à l'enfance, l'adolescence représente une seconde chance de dénouer les conflits internes. On pourrait la comparer à la session de rattrapage de septembre, telle qu'elle existait autrefois pour le baccalauréat. Cela ne signifie pas que, si l'on échoue, toute perspective d'avenir est annulée, mais les enjeux se font plus aigus et, au cours de sa vie, on retrouvera peu de périodes offrant autant de possibilités de bifurcation. À la fin de l'adolescence, le sujet doit pouvoir se positionner en tant que jeune adulte autonome, capable de faire et d'assumer des choix professionnels, amoureux, sociaux (un peu) durables.

C'est bien parce que cette traversée d'un entre-deux-âges est encore ouverte à tous les possibles que le psychiatre ne doit pas prendre le risque d'enfermer le sujet dans un diagnostic qui lui servirait d'identité et viendrait inévitablement infléchir les perspectives d'avenir.

L'AUSCULTATION PSYCHOLOGIQUE

Le dilettantisme sous le signe duquel furent placées mes premières années d'étudiant en médecine commença à céder le pas au moment de l'externat. Ce dernier permet un contact véritable avec l'hôpital ; il m'a servi de révélateur et une évidence s'est imposée à moi : je prenais un immense plaisir à rencontrer les malades.

La rencontre, pourtant, était un peu biaisée, car l'externe est là pour observer, apprendre, il n'a accès aux malades que sur un plan technique, afin d'exécuter des soins précis. L'essentiel de mes tâches consistait à faire les prises de sang et à installer des perfusions. Gestes simples, qui me paraissaient néanmoins importants à l'époque, car ils me conféraient un sentiment de pouvoir auquel se mêlait de la crainte. Absorbé par le souci de mener à bien ma mission, il m'arrivait de regarder à peine le malade, alors réduit à un bras, un réseau de veines. C'est de ce constat que naissait la gêne. Les soins que j'avais l'autorisation de pratiquer, toujours partiels, me donnaient une vision morcelée du patient ; le jeune médecin que je tendais à être avait davantage une fonction de secouriste, mais je m'en contentais. Je jouais au docteur plus que je ne l'étais, sans doute comme d'autres, en début de carrière, jouent au maître d'école ou au pilote de ligne avec le même sérieux qu'un enfant s'appliquant à mimer les gestes des grandes personnes dont le métier le fait rêver et lui permet d'imaginer un avenir.

Ce temps d'apprentissage était aussi un temps d'observation de nos aînés. Tous les matins, nous assistions aux visites du professeur auprès des malades. Entre nous, on l'appelait « le patron » ; quand on s'adressait à lui, on disait « monsieur ». Les deux termes exprimaient le respect et l'admiration.

La visite était un moment théâtral que le patron orchestrait avec maestria. Il arrivait en tête, suivi par une cohorte formée par le chef de clinique, les praticiens hospitaliers, les internes, des infirmières. L'une portait « sa » chaise, une autre était chargée de serviettes blanches amidonnées et d'un flacon d'alcool de lavande, afin qu'il puisse se laver les mains avant et après l'examen du malade.

Le professeur semblait posséder non seulement les connaissances, mais aussi toute l'expérience qui nous manquaient à nous, internes. Il paraissait sûr de lui, infaillible. Tandis qu'il ausculte, l'un de ces patrons, un jour, se tourne vers moi et me demande : « Polynévrite. Rufo, décrivez-la-moi en deux mots. »

Je me concentre avant de me lancer :

« C'est une paralysie des membres inférieurs, souvent liée à l'alcoolisme…

– Non, j'ai dit deux mots !

– …

– Sensitivo-motrice. »

Deux mots suffisaient à caractériser cette pathologie. Deux mots que le professeur proféra à la manière d'un oracle, nous donnant la pleine mesure de notre incompétence. Bien qu'assis sur sa chaise, tandis que nous nous tenions debout autour de lui, il nous dominait de sa maîtrise et de son assurance.

Pour moi, les professeurs de cette époque avaient un côté inaccessible. Il me semblait impossible de les égaler un jour, de réussir à allier leurs compétences et leur humanisme. Car plus encore que leur savoir, la bienveillance, le respect qu'ils témoignaient aux malades me fascinaient. Ces patrons étaient encore médecins, au sens noble du terme : ils prenaient du temps avec chaque patient, pour l'ausculter, mais aussi pour l'écouter, nouer un contact avec lui et ne pas l'abandonner à sa maladie.

L'un d'entre eux avait dans son équipe un chef de clinique particulièrement moderne qui utilisait volontiers la radioscopie et jurait qu'elle était indispensable au diagnostic. Le professeur haussait les épaules devant ce qu'il considérait comme une erreur de jeunesse et répliquait que seule la clinique compte. Face à un malade atteint d'une péricardite [1], il lui suffisait de percuter le thorax pour savoir si le

1. Inflammation du péricarde, sorte de sac fibroséreux qui entoure le cœur.

périmètre du cœur avait augmenté. Il n'avait nul besoin de radio.

Un autre, neurologue, à l'aide d'un marteau à réflexes et d'une épingle à nourrice qu'il passait sous la plante des pieds des patients pour tester leur sensibilité, parvenait à localiser une lésion cérébrale avec précision. Sans IRM.

Afin d'asseoir leur diagnostic, les professeurs de médecine de l'époque disposaient d'outils particulièrement efficaces : leurs doigts pour ausculter et leurs oreilles pour écouter ce que le patient avait à dire. Ce savoir-faire si précieux est devenu en partie inutile aujourd'hui. La paraclinique a remplacé la clinique. Radio, scanner, IRM… plus besoin d'ausculter soi-même, la technique s'en chargera.

Priorité à la clinique

Tout cela peut sembler très éloigné de la psychiatrie. Ça l'est en apparence seulement… J'ai été marqué en profondeur par cet apprentissage auprès de grands patrons de médecine, quelle que soit par ailleurs leur spécialité. Devenu psychiatre, et malgré les années qui ont passé, je reste convaincu de la suprématie de la clinique sur la paraclinique. L'entretien avec le malade, le sentiment que cela fait naître en moi, les associations que cela entraîne en disent souvent plus long que les tests, les bilans, les évaluations en tout genre. Du moins ceux-ci ne remplacent-ils pas ceux-là. Les tests chiffrables ne sont pas toujours inutiles, loin de là, ils permettent bien souvent d'affiner un diagnostic, mais, dans le même temps, ils risquent de nous éloigner des patients, de nous écarter de la relation. Or écouter l'histoire intime de quelqu'un, c'est presque comme percuter un cul-de-sac pleural pour détecter une pleurésie. L'écoute et l'attention pour détecter le signe clinique sont indispensables, irremplaçables. Plus j'avance, plus je me rapproche de ces professeurs d'un autre temps ; plus je crois à la vertu du colloque singulier entre le psychiatre et le patient. Le cardiologue qui posait un linge blanc amidonné sur un thorax n'est pas si éloigné du psychiatre que je suis aujourd'hui. Il écoutait le cœur pour en repérer les éventuels dysfonctionnements et trouver les moyens de l'aider à battre normalement ; j'écoute le désarroi de mes patients pour tenter de le comprendre et leur permettre de le transformer afin qu'il devienne force et dessine un avenir.

En psychiatrie plus encore qu'en médecine, l'écoute est primordiale. Winnicott fut l'un des premiers à pointer la différence essentielle qui existe entre un pédiatre et un pédopsychiatre. Il expliquait qu'un pédiatre doit trouver un symptôme, et même une accumulation de symptômes qui vont former un syndrome, ce qui lui permettra de poser le diagnostic et de déterminer un traitement approprié. Face à un enfant qui tousse, par exemple, il cherchera s'il a de la fièvre, des ganglions, une irritation de la gorge… pour savoir s'il s'agit d'une bronchite ou d'une angine. Le pédopsychiatre, lui, ne doit pas s'intéresser au symptôme en tant que tel, mais à ce qu'il y a en dessous et que le sujet tente d'exprimer.

Il m'est pourtant arrivé de m'emmêler.

J'ai travaillé de nombreuses années avec des Instituts médico-éducatifs (IME) où sont placés certains enfants ayant des arriérations psychoses, des déficits intellectuels plus ou moins profonds. J'allais ainsi à Barjols une fois par semaine, pour rencontrer ces enfants et superviser le travail d'Anne, la psychologue qui prendrait plus tard la direction de l'établissement. Un soir, Manou, la directrice, me demande, puisque je suis pédiatre, d'examiner un enfant qui tousse. Il est plus de 20 heures et elle préfère ne pas déranger le médecin de l'institution. Un peu pris de court, j'ausculte le gamin et, c'est plus fort que moi, je fais le mariole tout imbu de sa science : « Abolition du murmure vésiculaire. Il a sans doute avalé un corps étranger… » Manou en conclut qu'il faut passer une radio et emmène l'enfant à Brignoles, en me priant d'attendre leur retour. Mais la radio ne révèle rien, invalidant mon diagnostic. « Excusez-moi, dit alors la directrice, vous n'avez pas remarqué que le frère de ce garçon tousse aussi ? Je crois qu'il tousse pour faire comme lui… D'ailleurs, il y a quelque temps, il a traversé une brève période d'encoprésie, exactement comme son frère peu auparavant. »

L'histoire montre que je n'avais pas encore compris grand-chose ! Je faisais le médecin quand j'aurais dû faire le psychiatre, c'est-à-dire ne pas m'en tenir aux seuls symptômes, mais essayer de comprendre ce qu'ils venaient signifier. Au licu de quoi, je m'accrochais à ces symptômes, pour me protéger, masquer mon incertitude et ma crainte de ne pas savoir.

En revanche, il y a quelques mois, j'ai reçu un adolescent phobique qui n'arrêtait pas de tousser. J'ai aussitôt pensé qu'il s'agissait là de l'expression somatique d'une anxiété majeure, d'un doute, d'une fragilité… jusqu'à ce qu'un examen médical vienne révéler une allergie aux pollens ! Preuve que le psychiatre ne doit pas tout psychiatriser et ne peut rien tout seul, nous y reviendrons.

La distinction établie par Winnicott paraît d'autant plus essentielle à notre époque où certains voudraient nous faire croire que le sujet se réduit à ses symptômes. Les classifications internationales, dont le fameux DSM-IV, nouvelle bible dont tout étudiant en psychiatrie est prié de s'imprégner, préconisent de repérer différents symptômes qui, s'additionnant, suffiraient à établir un diagnostic avec certitude. Ces classifications et la débauche de tests paracliniques tendent à affirmer que la psychiatrie serait une science exacte. Affirmation qui dispense de s'interroger sur le sens que peut avoir le symptôme pour un adolescent donné à un moment particulier de son existence, et qui, l'air de rien, protège le psychiatre de la peur. Mais il s'agit là d'un prêt-à-penser qui n'est pas sans répercussions sur la pertinence de la prise en charge.

Quand le prêt-à-penser entraîne un prêt-à-soigner

Voici trois adolescents : Éléonore, 18 ans, pèse 26 kilos et se trouve énorme. Marion, 15 ans, pèse 32 kilos. Antoine, 14 ans, refuse de manger depuis six mois. Nul besoin d'être devin pour dire que ces trois adolescents souffrent d'anorexie. Le diagnostic s'impose, mais à quoi me sert-il si j'ignore tout de la trajectoire de chacun ?

Comme beaucoup, Éléonore a commencé, vers 14 ans, à faire un régime. Mais alors qu'elle avait perdu les trois kilos qui la gênaient, elle a trouvé que ce n'était pas suffisant, elle pouvait maigrir encore... Très vite, l'amaigrissement a été spectaculaire, nécessitant une première hospitalisation. Celle-ci a permis une reprise de poids, mais a été suivie d'une rechute qui a entraîné une seconde hospitalisation. Éléonore alterne à présent les épisodes anorexiques, durant lesquels elle a même du mal à boire, et les épisodes boulimiques, où elle se gave littéralement, jusqu'à ce que le dégoût et la honte d'elle-même la poussent à se faire vomir, comme pour effacer la crise et, surtout, ne pas prendre un gramme. Elle oscille ainsi entre sentiment de toute-puissance et dépression, dans une sorte de cycle répétitif dont elle ne parvient pas à sortir, se raccroche à sa mère avec qui elle est dans une relation très fusionnelle et rejette violemment son père dont elle ne supporte pas le regard sur elle.

Marion s'est mise à maigrir sans raison apparente il y a quelques mois seulement. Elle n'avait pas faim, mettait des heures à avaler la moindre bouchée. Ses parents, séparés depuis peu, ont d'abord cru à une maladie organique, avant de s'apercevoir que, lorsqu'elle finissait par se nourrir un peu, leur fille se faisait vomir ou prenait des laxatifs, tout en continuant par ailleurs à affirmer que tout allait bien et qu'elle n'était pas malade. Marion a pour ses deux parents un attachement intense, et l'on comprend bientôt qu'elle a mal supporté leur séparation ; c'est d'ailleurs peu de temps après que le trouble du comportement alimentaire est apparu, mais ni elle ni ses parents n'ont fait le rapprochement. Or Marion, malgré son âge, reste dans la pensée magique des enfants persuadés qu'ils peuvent tout : par sa maladie, elle tente à sa façon de lutter contre la rupture en renforçant le couple parental qui se retrouve autour d'elle dans une même préoccupation et une même inquiétude. Bien sûr, cela ne suffit pas à expliquer sa maladie, mais c'est un élément dont il faut tenir compte.

Quant à Antoine, on apprendra que son père, atteint d'un cancer incurable, subit des traitements lourds, radiothérapie et chimiothérapie, et a perdu beaucoup de poids. La maigreur d'Antoine renvoie à la cachexie de son père : grâce à l'anorexie, le fils trouve un moyen de s'identifier à ce père malade.

On imagine alors qu'il n'est pas possible de traiter ces trois adolescents de la même manière. Un suivi psychothérapique s'impose, mais le reste de la prise en charge va être sensiblement différent pour les trois. Pas d'hospitalisation immédiate pour Marion. Une hospitalisation avec alimentation par sonde pour Éléonore, dont le faible poids représente un risque vital, et pour Antoine, qui aura peut-être besoin en outre d'un traitement médicamenteux pour l'aider à dépasser l'épisode dépressif qui le coupe non seulement des autres, mais aussi de lui-même, et le désocialise chaque jour un peu plus. Pourtant, cela ne s'avérera pas nécessaire, le garçon abandonnant son symptôme anorexique peu après la mort de son père.

Il faut se méfier des diagnostics. Troubles du comportement alimentaire, dépressivité, hyperactivité, phobie scolaire, état-limite… Cela fournit une direction, bien sûr, mais, à l'intérieur de chaque catégorie, il n'y a que des cas particuliers. La théorie, les caractéristiques de chaque trouble, les causes inconscientes qui les sous-tendent ne suffisent pas à soigner. Ainsi, on ne peut pas mener un combat général contre telle ou telle pathologie ; on accompagne autant de combats singuliers.

Il faut du temps pour établir un diagnostic

Je reçois récemment un garçon de 17 ans accompagné de ses parents. Il est sombre, fermé, affalé sur la chaise, comme s'il n'avait pas l'énergie nécessaire pour se tenir droit, semblant au bord de l'épuisement. Il porte des vêtements froissés, abîmés, ses cheveux sont sales, mais on sent qu'il ne s'agit pas ici d'une recherche adolescente pour se singulariser par le look, et il donne l'impression de sortir tout droit de son lit dont on devine qu'il a eu du mal à s'extirper, enfilant les premiers vêtements venus sans passer par la salle de bains. Lorsque je lui demande pourquoi il vient me voir, il répond que ce sont ses parents qui ont insisté, mais si l'on perçoit une agressivité sous-jacente dans ses propos, on est surtout frappé par sa voix atone, comme si parler représentait un effort qui le fatigue. Par la suite, il répond à peine à nos questions (ce jour-là, un psychologue est présent à la consultation), semble tour à tour indifférent et en souffrance… Ses parents confirment le repli sur soi, le désinvestissement de ses activités, la fatigue permanente et les plaintes somatiques. Ce n'est pas tout. « Il ne va plus en cours depuis le 26 septembre », dit enfin sa mère. Et nous sommes en mars…

Phobie scolaire ? Dépression de type mélancolique ? La première a-t-elle entraîné la seconde ou l'inverse ? Fabien reste muet, clos sur lui-même, on dirait que tout cela ne le concerne pas vraiment. Quel que soit le diagnostic, la prise en charge se dessine : hospitalisation, enseignement à distance, psychothérapie et antidépresseurs, le cas échéant…

Nous demandons néanmoins aux parents de sortir. « Ils disent n'importe quoi, je veux retourner en cours », déclare aussitôt Fabien. Mon diagnostic immédiat penchant vers une phobie scolaire, je pense qu'il se défend, dénie son trouble, refusant de reconnaître son impossibilité majeure à franchir les portes du lycée. Je décide néanmoins d'entrer dans son jeu : « Eh bien, tu dois y retourner… » Mais la réponse fuse : « Non, je ne veux pas. »

Soit ce garçon est phobique et tente de le cacher, comme s'il avait honte, soit il est fou. C'est en tout cas ce que je lui laisse entendre, en soulignant l'incohérence de ses propos. Pourtant, non, Fabien n'est pas incohérent. Comme s'il sortait soudain de sa torpeur, il se redresse pour nous raconter : il voulait changer de section mais ses parents comme les professeurs ont refusé, arguant qu'il devait poursuivre un cursus scientifique afin de s'ouvrir de meilleures perspectives d'avenir par la suite. Ce changement de section a fait l'objet de nombreuses discussions, souvent houleuses, au cours desquelles Fabien n'a pas réussi à se faire entendre. Parents et professeurs ont décidé à sa place de ce qui était bien pour lui et il n'a pas trouvé d'autre solution pour s'opposer que de s'enfermer dans une attitude de refus de la scolarité qui est devenue une sorte de piège : en se privant de suivre des études qui, par ailleurs, l'intéressent, Fabien se coupe d'une partie de lui-même, mais aussi de ses copains, et sombre peu à peu dans un épisode dépressif auquel il ne voit pas l'issue.

Ainsi, le symptôme n'est souvent qu'une apparence, et il faut s'en méfier car il peut être trompeur. La dépression est-elle réactionnelle ou s'inscrit-elle dans un trouble bipolaire ? La phobie scolaire est-elle l'expression d'une névrose ou d'un trouble de la personnalité ?... Freud lui-même écrivait : « Il est fort malaisé de se faire une opinion exacte d'un cas de névrose avant d'avoir soumis celui-ci à une analyse approfondie [...] Pourtant, c'est avant même de connaître en détail ce cas que l'on se voit obligé d'établir un diagnostic et de déterminer le traitement [1]. » Il allait même jusqu'à dire que ce n'est parfois qu'à la fin de la cure analytique que l'on peut connaître le diagnostic exact. Il parlait alors de « traitement d'essai », une notion que l'on retrouve aujourd'hui dans ce que l'on appelle les consultations préliminaires, qui constituent le début de la prise en charge. Dans sa démarche, le psychiatre doit rester proche du psychanalyste. Pour se faire une

1. *La Technique psychanalytique*, PUF, 1975.

idée de la pathologie à laquelle il est confronté, il dispose d'une arme : la parole et l'écoute.

Il faut du temps pour poser un diagnostic avec certitude. Il ne s'agit pas d'un temps perdu, mais d'un temps d'évaluation et d'observation, qui n'est pas incompatible avec la mise en place du traitement. Au contraire, tout va être mis en œuvre pendant cette durée-là pour aider l'adolescent à sortir de ce passage difficile. Ce sera parfois un temps de désordre, où l'on soignera peut-être par excès, mais toujours avec l'idée que le trouble peut n'être que passager. Alors que le diagnostic immédiat, lui, entraîne l'ordre, la spécialisation à outrance, la standardisation de la prise en charge, la rigidité parfois, ce qui se fait toujours au détriment du sujet.

Labilité de l'humeur... et des symptômes

Sandrine, 16 ans, souffre depuis peu d'une angoisse diffuse et paralysante. Elle a, entre autres difficultés, de plus en plus de mal à aller au lycée. Lorsque je la reçois pour la première fois, elle est triste, inhibée, anxieuse ; sa mère, qui l'accompagne, est passablement inquiète et on a l'impression que l'anxiété de l'une potentialise l'anxiété de l'autre. Celle de Sandrine est apparue au retour d'un voyage pédagogique avec sa classe. Il faut dire que, durant son absence, son frère, de dix-huit mois plus jeune qu'elle, a été victime d'un accident dont personne ne sait s'il n'est pas le résultat d'une tentative de suicide. Son état était jugé critique mais les enseignants ont refusé que Sandrine quitte le groupe pour se rendre à son chevet. Depuis, elle est envahie par une peur qu'elle ne s'explique pas mais qui vient faire écho à la crainte qu'elle a eue de perdre ce frère dont elle est si proche qu'elle le considère presque comme son jumeau.

Son anxiété et les comportements qu'elle entraîne, notamment vis-à-vis du lycée, évoquent une phobie scolaire, mais peuvent aussi être le symptôme d'une dépression. Je préfère pourtant réserver mon diagnostic, conseillant à la mère de ne rien forcer et d'encourager pour l'instant sa fille à poursuivre sa scolarité chez elle, en demandant à des copines de lui passer les cours et en faisant appel, si nécessaire, à un étudiant susceptible de l'aider. Nous nous reverrons trois semaines plus tard pour faire le point.

Sandrine arrive le jour dit, toujours en compagnie de sa mère, et je suis immédiatement frappé par son sourire – qui signe toujours pour moi une amélioration. Elle n'est plus dans le repli craintif, paraît moins soucieuse… La différence est telle entre la Sandrine de la première consultation et la Sandrine de ce jour que je dis à sa mère : « On dirait que vous m'avez amené une jumelle… »

On pourrait multiplier les exemples qui témoignent, à l'image de cette histoire, que rien n'est jamais figé, surtout à l'adolescence.

On a beaucoup écrit sur cette période, présentée comme une « crise » qui paraît désormais inévitable. Je la vois plutôt comme une succession de chocs qui viennent ébranler le sujet, favorisant des attitudes un peu extrêmes, avec des symptômes qui ne le sont pas moins.

Tout commence par un choc sociologique : l'entrée au collège, la multiplication des enseignants, la fréquentation des plus âgés avec lesquels on se mêle dans la cour, autrement dit la confrontation à la jungle sociale que l'on doit apprivoiser afin d'y trouver sa place. Survient ensuite un choc biologique, celui de la puberté : les transformations, tout d'abord physiques, entraînent à leur tour de profonds remaniements psychiques. Enfin, il y a le choc affectif, celui de la première histoire d'amour, première rencontre intime, avec la possibilité d'une sexualité agie.

Tous ces chocs font que l'adolescence se caractérise par une grande vulnérabilité et constitue un terrain favorable à l'apparition de divers troubles psychologiques. Certains font écho à des difficultés rencontrées dans l'enfance, ce qui n'implique pas *a contrario* que des jeunes années sereines débouchent sur une adolescence idoine. D'autres, au contraire, peuvent se révéler à la faveur de la puberté, sans qu'aucun signe avant-coureur n'ait été observé. À ceux qui en douteraient, il faut souligner qu'il n'y a pas de trajectoire linéaire, ni de fatalité. L'équation « impatient à 3 ans, délinquant à

12 ans » ne fonctionne pas et n'est pas démontrable. Le psychisme est plus complexe, plus mystérieux, et la vie plus riche en opportunités de réparation.

Si la fragilité est réelle, elle ne doit pas occulter l'élan, l'énergie, l'enthousiasme propres à cet âge de conquête, de soi et du monde. Et l'autre caractéristique essentielle de l'adolescence, c'est la labilité. Rien n'est jamais fixe, figé ; tout est toujours en mouvement, les humeurs, les envies, les intérêts, les engouements comme les rejets. L'adolescent aime, adore, déteste avec le même emportement, et la tiédeur ne fait pas partie de son vocabulaire. Le temps est à l'expérimentation tous azimuts, du meilleur comme du pire. Pris entre fragilité et élan, l'adolescent n'en finit pas d'osciller. Ses comportements aussi, parfois tellement outrés qu'ils évoquent les possibles symptômes d'un trouble. Mais il faut se garder de l'étiqueter trop vite, car il est dans une quête identitaire permanente, sa seule certitude étant : « Je ne peux plus être celui que j'ai été ; mais je ne sais pas qui je deviendrai. » Il se dissimule alors derrière des identités d'emprunt (amis, idoles…). Le trouble lui en offre une. À charge pour nous de ne pas l'y enfermer ni de le réduire à sa pathologie.

QUAND LE DIAGNOSTIC FAIT PEUR

Un jeune homme, très beau, très élégant, se plaint qu'on lui a installé un appareil dans la tête ; c'est par là, dit-il, qu'on lui transmet des ordres et lui dicte ses pensées.

À ma grande surprise, l'interne se met à lui palper le crâne et découvre, dans la zone où est censé se trouver l'appareil mystérieux, une petite boule évoquant un kyste sébacé. Il annonce donc au patient qu'il faut le lui retirer, afin de voir de quoi il s'agit.

Une fois le kyste opéré, le jeune homme s'émerveille : puisqu'on lui a enlevé ce sale appareil qui parasitait sa vie, il n'entend plus de voix, et il remercie l'interne, qu'il voit comme son sauveur. Mais, quelques jours plus tard, lors de la visite, il l'accueille, agité et agressif : « Vous me l'avez enfoncé encore plus profondément de l'autre côté. »

L'histoire remonte à mes premières expériences d'externe et correspond aux derniers soubresauts d'une psychiatrie dont on espère qu'elle a totalement disparu. L'interne confondait allégrement hystérie et délire, comme si le délire était soluble dans l'ablation d'un kyste sébacé, comme s'il pouvait être psychosomatique, en quelque sorte. Avec le temps, je me demande si l'attitude de l'interne n'était pas davantage due à la peur qu'à l'incompétence. La peur existe en effet, inévitable, paralysante. On y échappe, le temps de l'externat, parce qu'on reste à distance des malades, mais un jour arrive où l'on se retrouve en première ligne et il faut s'efforcer de masquer la peur en prenant l'air assuré.

Plus que d'autres, certains diagnostics sont de nature à la faire naître. C'est le cas de la schizophrénie, l'une des pathologies mentales les plus graves et les plus invalidantes, parce qu'elle représente une dissociation de la personnalité, du moi. Sur fond d'angoisse massive, le délire et les hallucinations en sont les symptômes les plus repérables. Alors qu'il est de plus en plus coupé du monde tel qu'il est, l'adolescent réinvente une néoréalité qui lui appartient et à laquelle il croit comme à une évidence. Il n'en perçoit pas l'étrangeté, si inquiétante pour l'entourage et aussi, parfois, pour le soignant, comme en témoigne la réaction de l'interne : il jouait le jeu de son patient, entrait dans son délire, comme s'il espérait par là pouvoir le névrotiser, refusant un diagnostic de psychose qui le déstabilisait, le renvoyait à son incapacité à guérir ce genre de pathologie. L'histoire m'a appris que le psychiatre doit accepter la confrontation avec des maladies qui ébranlent la raison et réussir à dépasser la peur que cela provoque en lui. Il n'en reste pas moins que, face au délire, la marge de manœuvre du praticien est étroite. Il ne peut pas abonder dans son sens, mais il ne peut pas davantage critiquer une recréation du monde qui protège le malade, car cela aurait pour résultat de renvoyer ce dernier à son étrangeté et viendrait renforcer son angoisse latente. Tout au plus peut-il dire au patient que tous les deux ne voient pas les mêmes choses.

Un adolescent de 17 ans me raconte : « Je sais que je suis malade. Je vais devenir fou. Je voudrais mourir. » Il me raconte que, dans la rue, le métro, les gens qu'il croise se retiennent de vomir sur son passage. Il pense que quelque chose en lui est pourri, tellement mauvais que les passants le remarquent. Il provoque le dégoût et la nausée chez tous les autres, il en est sûr, il le sent. Ce garçon, fils d'intellectuels universitaires reconnus, vient d'échouer à son concours d'entrée dans une grande école. En tant que « fils de », il se devait sans doute de réussir ; son échec le place dans une position difficile. C'est en tout cas à ce moment-là que ses étranges pensées sont apparues.

Encore une fois, il faut se méfier des symptômes. Ainsi le délire peut-il être l'expression d'une schizophrénie ou d'un état maniaque ; à moins qu'il ne soit isolé et transitoire, ou s'inscrive plutôt dans un trouble névrotique. Ce garçon a sans nul doute une image de soi très dégradée, il se vit comme un déchet et imagine que tout le monde s'en rend compte au premier regard. Lorsque le doute s'insinue en eux, beaucoup – et pas seulement à l'adolescence – peuvent avoir l'impression que les gens les regardent de travers, ils se sentent l'objet d'une réprobation qui n'est que la projection de leur propre sentiment à l'égard d'eux-mêmes. Dans la psychose, l'impression devient certitude : l'adolescent n'imagine pas, il est sûr qu'il voit les mouvements de rejet ou de dégoût. Les autres devinent ce qui se passe en lui, lisent dans ses pensées.

Dans ce cas, il faudra obligatoirement prescrire des neuroleptiques qui atténueront le délire et l'angoisse, et engager un suivi psychothérapique. Même si l'on sait qu'on ne guérit pas de la schizophrénie, on peut, par cette prise en charge, favoriser une amélioration.

Autrefois, une seule bouffée délirante suffisait à étiqueter le patient psychotique ; aujourd'hui, même après plusieurs bouffées de ce genre, on hésite encore à poser le diagnostic, préférant rester dans une dynamique d'évolution positive.

Manier les mots avec précaution

Éric a 14 ans. Ses parents consultent parce que, depuis plusieurs années – presque cinq ans déjà –, Éric réclame sans cesse d'avoir une serviette chaude sur l'oreille gauche. « Parce que c'est par là qu'on me commande des choses », dit-il. Ses parents se sont étonnés de cette drôle de lubie. Quelle imagination ! Quelle originalité chez leur enfant ! Pas un instant ils n'ont soupçonné que leur fils pouvait souffrir d'un trouble plus grave. D'ailleurs, explique sa mère, tout a commencé après la mort de son petit chat. Elle était tellement persuadée du lien de cause à effet qu'elle est même allée jusqu'à en prendre un autre, dans l'espoir que cela mettrait un terme à ce qu'elle appelle la manie d'Éric. On s'en doute, cela a échoué. Et lorsque je reçois le garçon, il est déjà engagé dans un tableau psychotique.

À présent, les parents sont visiblement préoccupés. Perdus et désarçonnés, ils ne comprennent rien à l'attitude de leur fils, finissent par la trouver dérangeante. Ils sont dans le déni de la gravité de son état et, dans le même temps, attendent que je mette enfin un nom sur son trouble. Comme si un diagnostic précis permettait d'identifier un ennemi qui, une fois connu, serait plus facile à combattre.

Dans ces cas graves, les mots sont à manier avec précaution. Au terme de schizophrénie, je préfère celui de dysharmonie évolutive, afin de laisser la porte ouverte à une évolution possible ; cela permet à l'adolescent de continuer à être considéré par ses parents, mais aussi par les soignants, comme un être en développement, avec des potentialités que la prise en charge va s'efforcer d'optimiser. Le trouble est réel, sérieux, invalidant, mais il ne suffit pas à résumer l'adolescent. Que ce soit en médecine ou en psychiatrie, le diagnostic n'est qu'une étape : cardiopathie ou schizophrénie, pour mieux déterminer une prise en charge qui doit tenir compte de la singularité de chaque histoire.

Non, décidément, je n'aime pas les diagnostics. Sans doute à cause de mes premières expériences en psychiatrie, où le diagnostic, toujours assorti de statistiques, condamnait le malade. Schizophrène un jour, schizophrène toujours… Anorexique un jour, anorexique toujours…

Arthur Tatossian, psychiatre phénoménologue qui fut l'un de mes « patrons », répétait souvent : « Méfiez-vous, à trop considérer le patient comme un schizophrène, vous risquez de le "schizophréniser" davantage. » Une façon de dire qu'en posant les questions qui permettent classiquement de repérer cette pathologie, on oriente l'entretien et enferme déjà le patient dans son trouble. Je finis par croire que le diagnostic peut parfois faire écran entre le psychiatre et l'adolescent. Au point que, lorsque celui-ci m'est envoyé par quelqu'un qui l'a déjà suivi, je ne lis jamais la lettre auparavant, de peur que cela fausse mon jugement. Je préfère être dans l'instant de cette première rencontre, à l'écoute, en empathie, en essayant de repérer ce que ce patient, ses mots, ses attitudes, son histoire provoquent en moi. La phénoménologie, centrée sur ce qui apparaît à la conscience, en dehors de tout jugement, me semble un outil précieux pour le psychiatre : la consultation apparaît ainsi comme la rencontre de deux consciences, l'une qui se dit tandis que l'autre l'examine tout en s'intéressant à ce qui retentit dans sa propre conscience. Elle protège d'une émotion ou d'une déstabilisation trop grande. Serge Lebovici, l'un de mes maîtres, m'avait appris à rédiger, à la fin de chaque première consultation, quelques lignes décrivant mon état tout à fait subjectif lors de l'interaction et de l'interrelation avec le patient, sans me soucier du diagnostic. Je continue à le faire aujourd'hui encore : cela évite l'oubli d'une consultation sur l'autre, favorise une meilleure syntonie, en créant une proximité, propice à la mise en place d'un processus thérapeutique. Il sera toujours temps d'établir un diagnostic.

Pour en finir avec la notion d'incurabilité

Elle s'appelle Julia. Elle a 9 mois quand nous la voyons pour la première fois. Elle est atteinte d'encéphalopathie épileptique gravissime, dont le pronostic est plus que réservé : dans 90 % des cas, cela évolue vers une arriération de type psychotique.

Michelle, une psychologue du service, commence à s'occuper de cette petite. Elle passe une heure ou deux avec elle chaque jour, lui parle, la change, la baigne, lui chante des chansons, l'emmène se promener durant le week-end. Je m'étonne de cette préoccupation qui ne sert à rien. À quoi bon, puisque la mignonne est condamnée à un avenir gâché ? « Tu parles d'un diagnostic, me répond Michelle, moi, je parle d'une enfant réelle qui a besoin qu'on s'occupe d'elle. La maladie ne m'intéresse pas ; ce qui compte, c'est Julia et le moyen que nous avons de créer des liens, de communiquer avec elle. »

Voilà bien la preuve que je me suis, moi aussi, laissé piéger par le diagnostic et le pronostic qui l'accompagne. J'abandonnais Julia à sa pathologie ; je ne la voyais plus comme une petite fille, mais seulement comme une malade, incurable de surcroît. En un mot, je renonçais. Il a fallu tout le talent de Michelle pour me montrer que je faisais fausse route : la maladie mentale, quelle qu'elle soit, ne doit jamais empêcher de considérer le sujet et de chercher à entrer en relation avec lui.

Reconnaissons à ma décharge que, à mes débuts, psychiatrie et fatalisme faisaient bon ménage ; nombre de pathologies étant réputées incurables, il semblait inutile de s'occuper de ceux qui en étaient atteints et nous préférions consacrer nos forces aux autres, qui avaient quelques chances de s'en sortir. Dans bien des cas, nous faisions alors l'impasse sur cet aspect pourtant essentiel de notre métier que sont la relation et l'interaction avec le patient.

Quelque temps plus tard, je suis confronté à Jérôme, 18 mois, atteint d'autisme infantile. Les chances d'évolution sont minces, mais le souvenir de Michelle et de la petite Julia me poursuit, je ne peux pas me résigner. Au contraire, je veux tout tenter pour que Jérôme aille mieux, même si je sais qu'il ne peut pas guérir. Une puéricultrice, toujours la même, s'occupe donc de lui au quotidien, afin de favoriser l'établissement d'un lien ; il suit une psychothérapie, des séances de psychomotricité et d'orthophonie, est inscrit à l'école maternelle en intégration partielle. On s'intéresse aussi aux parents qui participent à des groupes de parole, suivent de leur côté une psychothérapie.

Pourtant, au bout de quelques années, force est de reconnaître que Jérôme n'a pas évolué. Il a 6 ans désormais ; je décide donc qu'il faut arrêter cette prise en charge qui ne mène à rien et le placer dans un Institut médico-éducatif (IME). Je continue cependant à prendre de ses nouvelles et à passer le voir le plus régulièrement possible. Un jour où je le croise, je lui lance comme d'habitude : « Bonjour, Jérôme, comment vas-tu aujourd'hui ? » Et, habitué à son silence, sans attendre la réponse, je m'éloigne. Mais voilà que j'entends une voix : « C'est le jour où tu viens ? » Puis plus rien.

À la réunion de synthèse qui suit, j'explique que je suis victime d'hallucinations auditives : je crois que Jérôme m'a parlé. Les soignants sourient, non, voilà trois semaines maintenant que Jérôme dit quelques mots. Il a alors 17 ans. Durant les trois années qui vont suivre, il va apprendre à lire, ce qui lui permettra de travailler dans un Centre d'aide par le travail (CAT). Quelques années plus tard, il a 26 ans, ses parents m'appellent : « Jérôme paie l'impôt sur le revenu ! »

Cette histoire remonte à mes premiers contacts avec la psychiatrie de l'enfant, au sein d'un service de neuropédiatrie où se retrouvaient notamment les jeunes autistes. Elle est emblématique à plus d'un titre, parce qu'elle pose les questions fondamentales auxquelles je vais être confronté durant toute ma carrière : le diagnostic et la notion d'incurabilité, la position des psychiatres par rapport aux parents et l'éventuelle responsabilité de ceux-ci dans la pathologie de l'enfant ; les modalités de prise en charge ; l'intégration possible…

Mais, surtout, l'incroyable trajectoire de cet enfant autiste vient montrer qu'il ne faut jamais désespérer de rien, ne jamais se résigner, ne jamais accepter un diagnostic, quel qu'il soit, comme une fatalité. Penser au contraire qu'il y a toujours des possibles, des perspectives et, pour les ouvrir, essayer différentes voies, différentes prises en charge, différentes approches, sans jamais se laisser enfermer dans des pensées et des actions stéréotypées. Quitte à se tromper bien sûr, à faire marche arrière, à commencer autre chose… Peut-on soigner sans risques ? Le seul risque, c'est de renoncer.

Je participe un jour à un débat dont le thème est « Handicap et intégration ». La discussion porte sur les trisomiques, et j'avance qu'on peut certes les intégrer en maternelle et en primaire, mais qu'au-delà il est souhaitable de les orienter dans des institutions spécialisées afin qu'ils puissent, plus tard, avoir quelques chances de trouver une place dans un CAT. Mon argumentation s'appuie sur le fait que, de toute façon, aucun trisomique ne pourra jamais dépasser le niveau du CM1, dans le meilleur des cas. Un psychiatre présent vient me contredire : il a suivi un garçon qui a réussi à décrocher le brevet des collèges. Son exemple paraît une exception, due sans doute, en grande partie, au fait que les parents étaient tous deux enseignants et ont soutenu leur fils handicapé de façon tout à fait particulière, mais qu'importe ? Si l'un a réussi, d'autres peuvent sans doute y arriver. Par son histoire, ce psychiatre montre qu'il n'y a jamais de trajectoires toutes tracées, qu'une pathologie, quelle qu'elle soit, ne présage pas de l'avenir du sujet. Ce serait compter sans le hasard, les diverses opportunités, les rencontres, les progrès de la médecine et de la pharmacologie, l'obstination et l'espérance inoxydables de quelques-uns…

Plus que le diagnostic en soi, les statistiques qui l'accompagnent sont de nature à désespérer les meilleures volontés. Nous les intégrons malgré nous, et elles impriment en nous des limites que nous tenons pour acquises. Ces limites existent, on ne peut pas le contester, mais elles ne sont pas forcément là où l'on croit. En les fixant d'emblée, on referme des portes, on se résigne. Et peut-être bloque-t-on en partie l'évolution du patient.

En psychiatrie, on n'est jamais sûr de rien, surtout pas du pire, et surtout pas à l'adolescence où les capacités de relance restent nombreuses. La psychiatrie n'est pas une science exacte ; autant qu'elle soit une médecine optimiste !

2. La volonté de guérir

René Diatkine se plaisait à répéter que, tant que le psychiatre n'a pas renoncé à la volonté de guérir, il risque d'en vouloir à celui qui ne se laisse pas soigner. Bien au contraire, la volonté de guérir me paraît essentielle. Parce qu'elle suppose de croire que rien n'est jamais joué, définitivement figé, et que l'on peut – on doit – toujours trouver des solutions nouvelles, même anecdotiques, même fantaisistes, pour relancer le jeu psychique et ouvrir à l'adolescent une route d'espérance. Autrement dit, la psychiatrie ne doit pas se suffire à elle-même, mais s'ouvrir à d'autres disciplines susceptibles d'aider le sujet à retrouver la confiance en soi qui lui fait défaut. Vouloir guérir, c'est espérer à la place de l'adolescent, le temps qu'il réapprenne à espérer pour lui-même.

Consultation et proposition interprétative

Elle a 14 ans. Elle ne fiche rien à l'école, hausse les épaules quand on lui parle d'avenir, cela lui semble loin et elle n'est pas très sûre d'avoir envie d'exercer un métier, quel qu'il soit. Elle est en conflit avec ses parents, qu'elle ne supporte pas, surtout son père, qu'elle ne regarde même plus, et se montre agressive avec les adolescents de son âge. Et puis elle a des relations sexuelles dont elle se vante, plusieurs fois par semaine, dit-elle, toujours avec des hommes différents, certains ayant vingt ans de plus qu'elle, mais elle leur fait croire qu'elle est majeure et y réussit sans peine grâce à un maquillage et à une apparence qui la vieillissent. Tout au long de ce premier entretien, elle crâne, élude les questions, se montre volontaire, entêtée, un brin insolente.

Elle a été adoptée lorsqu'elle avait 6 mois, confie enfin sa mère, mais elle ignore tout de ses parents d'origine. Elle sait seulement que son père a quitté sa mère, qui n'a pas voulu élever l'enfant seule. Elle affirme qu'elle s'en moque et, de toute façon, ne veut pas les connaître. Comme beaucoup d'autres dans sa situation, elle a vécu une enfance heureuse et choyée, mais l'adolescence vient raviver la blessure initiale de l'abandon, et elle ne cesse de provoquer ses parents, de mettre sa famille adoptive à feu et à sang : par identification à des « géniteurs » forcément mauvais puisqu'ils l'ont abandonnée et pour prouver qu'elle est bien abandonnable. C'est en tout cas ce que je lui dis et qui provoque chez elle une réaction furieuse : « Pourquoi vous mêlez-vous de ma vie ? »

Nouveau rendez-vous trois semaines plus tard. Ses parents arrivent seuls, mais l'air rasséréné. Leur fille semble aller mieux : elle a recommencé à travailler un peu, se montre assez gentille avec sa mère et, si elle ne parle toujours pas à son père, elle consent à le regarder au lieu de l'ignorer et le mépriser. Une bonne part de son agressivité m'est à présent destinée : elle me déteste, a décrété qu'elle ne voulait plus jamais me rencontrer, s'est agacée de me voir à la télévision, interviewé à propos de la tuerie de Colombine : « Il en parle alors qu'il n'y est jamais allé… »

J'espère, pour ma part, la revoir un jour, pour m'excuser de mon interprétation sauvage et rude, qu'elle n'a pas supportée. Mais avais-je le choix ? En attendant, j'accepte ma position de « mauvais objet » qui canalise toutes ses rancœurs.

Je l'avoue volontiers, je suis un peu impulsif dans l'interprétation. L'adolescent risque de se sentir dévoilé – ce qu'il déteste par-dessus tout –, attaqué même, mais cela peut aussi provoquer un écho en lui.

À propos de l'interprétation dite sauvage, Freud narrait l'anecdote suivante : une femme d'une cinquantaine d'années, fraîchement divorcée, va consulter un jeune médecin qui se pique de psychanalyse. Elle se plaint d'anxiété et, à l'issue du premier entretien, l'homme de l'art, sûr de lui, déclare qu'il a tout compris : c'est parce qu'elle n'a plus de rapports sexuels qu'elle est anxieuse. En conséquence de quoi, le traitement est simple : soit elle se remet avec son mari, soit elle prend un amant, soit elle se masturbe.

Forte de cette interprétation et de ces conseils, la femme se sent encore plus malheureuse et plus anxieuse, et décide d'aller voir Freud lui-même. Lequel explique qu'il ne faut pas être dans une démarche hypothético-déductive, car cela peut avoir l'effet inverse de celui qu'on recherche : au lieu de débloquer les résistances du sujet, cela les renforce et les fige. Mieux vaut donc ne pas établir de liens de cause à effet trop rapides, afin de ne pas empêcher le travail d'élaboration psychique nécessaire à la résolution du trouble. Néanmoins, Françoise Dolto l'a bien montré, certaines interprétations, présentées non comme des affirmations indiscutables mais comme des hypothèses, des propositions, servent de repérages, aident à débusquer des points particuliers, parfois anecdotiques, proposent des pistes au patient pour qu'il puisse interroger le sens de ses conduites. L'interprétation n'a jamais valeur de diagnostic ; elle est une tentative de compréhension du vécu du sujet et, à ce titre, peut favoriser une prise de conscience qui demandera à être élaborée au cours d'un travail psychothérapique. Peut-être le fait de laisser entendre à un adolescent qu'on a compris – au moins un peu – l'aide-t-il à réaliser qu'il y a bien quelque chose à comprendre, que sa souffrance peut s'analyser, qu'elle a un sens. Le chercher est la vraie voie de la guérison : dénouer les fils de son psychisme, mieux comprendre ses mécanismes inconscients permet de mieux fonctionner dans le réel, quels que puissent être, par ailleurs, les éléments qui viennent inévitablement parasiter ce psychisme.

La nécessaire empathie

Il est de bon ton de dire que le patient se guérit lui-même, mais le propos n'est pas dénué d'une certaine démagogie : c'est parce qu'il n'arrive pas à s'en sortir tout seul qu'il consulte. Le psychiatre doit donc servir à quelque chose ! Je suis là pour l'aider, en gardant toujours confiance en lui, qui reste l'élément essentiel de sa guérison. Il doit exister entre nous un rapport de confiance réciproque qui se noue le plus souvent dès la ou les premières consultations, toujours capitales. L'attention, l'intérêt que je porte à l'adolescent sont une façon de lui signifier que je vais m'occuper de lui et que nous allons travailler ensemble à son mieux-être. Et l'interprétation, parfois abrupte, que je lance apparaît alors comme un moyen de forcer un peu les choses, plutôt que d'attendre passivement qu'il puisse les formuler. Dans ce jeu à deux, ma volonté de guérir me semble essentielle. Imagine-t-on un adolescent qui, le plus souvent, est sceptique sur le fait que quiconque puisse l'aider, face à un psychiatre lui-même dubitatif sur ses capacités de le faire ? Ce duo incertain aurait-il quelques chances de mettre en route une prise en charge dynamique ? On en doute…

L'interprétation peut aller à l'encontre de la neutralité qui, de plus en plus, me paraît discutable. Lors d'un conflit international, elle devient franchement suspecte, et il en va de même lors d'un conflit psychique. Lorsqu'un adolescent me confie son désarroi, ou me le donne à voir par son attitude, cela retentit forcément en moi. L'empathie, cette faculté de se mettre à la place d'autrui, ne serait-ce que l'espace d'un instant, est un chemin de crête complexe : il ne faut pas s'approprier l'histoire de l'adolescent, ne pas se projeter en lui, mais en même temps on est là pour comprendre. Comment y parvenir si l'on ne compatit pas ? Le psychiatre n'est pas psychanalyste, il n'est pas tenu à la même neutralité. Il doit pouvoir trouver, comme les parents, une bonne distance, et s'il s'interdit l'intrusion, la dénudation, la séduction, il a droit à la compassion et à l'humanité. L'histoire que l'adolescent (ou ses parents) lui raconte fait écho à d'autres histoires ou à des souvenirs personnels, et peut venir toucher un point particulier en lui ; il se retrouve alors fragilisé, adopte un discours un peu plus conventionnel et distancié, comme pour se protéger. Je préfère, quant à moi, évoquer ces souvenirs à voix haute : « Tiens, ce que tu dis me rappelle… », ce qui sert à la fois d'écran et d'intermédiaire. Écran pour diminuer l'impact que son histoire a sur moi et mettre à l'abri d'un transfert massif ; intermédiaire pour meubler un psychisme un peu éteint que je tente de relancer.

Lors d'une première consultation, tout compte : le regard, la voix, l'élocution, les intonations, les gestes, l'attitude… qui sont autant de signes cliniques. C'est un temps intense, dense, d'auscultation psychique, où toute l'attention du psychiatre est mobilisée. La consultation, c'est la pêche à l'agachon : on descend en apnée avec un filet et l'on attend que le loup vienne se prendre dans les mailles. Mais parfois on a besoin de remonter à la surface pour respirer, et c'est à ce moment-là que le poisson passera…

C'est une façon de dire que je ne comprends pas tout. Je peux passer à côté d'un malade, d'une histoire, il peut m'arriver de n'être pas assez disponible, pas assez patient, de me montrer maladroit, trop intrusif parfois, trop interprétatif… Quel qu'il soit, le psychiatre reste un être humain, avec ses défaillances.

Des parents viennent me consulter, l'autre jour. Ils envisagent de se séparer et redoutent les répercussions sur leur fils de 11 ans qui est là et ne donne, pour l'instant, aucun signe de mal-être. Un peu vivement, je leur explique qu'on ne peut pas anticiper les difficultés et qu'il sera toujours temps de revenir au moment opportun. Je les laisse partir sans rien dire mais suis bientôt envahi par une espèce de remords. Je demande donc à mon assistante de les rattraper, afin que je puisse m'excuser d'avoir été aussi expéditif. Elle me répond que ce n'est pas la peine, cette consultation éclair tombe bien, j'ai déjà accumulé du retard. J'insiste, m'agace de sa désinvolture, mais elle reste imperturbable. Puis elle m'explique. En repassant dans son bureau, les parents ont demandé un autre rendez-vous en disant : « Le professeur n'était pas en forme aujourd'hui, ce n'est pas grave, nous reviendrons. » Le psychiatre a droit à une consultation de rattrapage. Mais il ne doit pas en abuser, bien sûr.

La psychiatrie n'est pas toute-puissante

À l'hôpital Sainte-Marguerite de Marseille, dans les années 1990, Philippe Bouteloup, guitariste d'une association, avec l'accord et le cofinancement de l'Assistance publique, animait des formations musicales dans le service et participait à certaines consultations.

Je me souviens plus particulièrement de l'une d'elles. Nous recevons ce jour-là un enfant autiste avec ses parents. Le garçon de 6 ans tient à la main une petite voiture bleue. Il fait mine de la tendre puis la remet aussitôt dans sa poche. Voilà un geste stéréotypé, assez caractéristique de sa pathologie, et c'est pourquoi nous nous gardons d'intervenir dans son rituel avec cette voiture bleue que nous considérons comme un objet transitionnel psychotique.

Le musicien, lui, n'a pas nos réticences. Il attrape la voiture et la pose sur la table, le petit la saisissant prestement pour la remettre dans sa poche. Puis Philippe commence à jouer de la guitare, en chantant « Il court, il court, le furet... », sans parvenir à capter l'attention du gamin, enfermé dans son indifférence et son incapacité à nouer un contact. Au bout d'un long moment, le voilà pourtant qui vient poser sa nuque sur la cuisse du musicien, renversant la tête pour le regarder. « Il court, il court, le furet... Il est passé par ici, il repassera par là... », chante Philippe en reprenant la voiture bleue avec laquelle l'enfant n'en finit pas de jouer, toujours de la même façon. Nous ne disons rien pour ne pas le désavouer devant les parents du jeune patient, mais nous commençons à trouver son attitude déplacée. À nos yeux, il entre dans le jeu psychotique de l'enfant, ne comprenant rien à sa pathologie.

Pendant ce temps, le furet n'en finit pas de courir, la ritournelle menace de devenir agaçante. « Il est passé par ici, il repassera par là… » À chaque fois, Philippe attrape la voiture, que l'enfant reprend aussitôt.

Et puis, soudain… « Il est passé par ici, il repassera par… » Lorsqu'il pose la voiture sur la table, le bambin murmure « là », une première fois. Philippe recommence : « Il est passé par ici… » « Il repassera par là », chantonne le petit, entrant ainsi en interaction avec le musicien. Nous sommes sidérés. L'enfant n'avait jamais dit un mot.

Il avait suffi, ce jour-là, d'une guitare et d'une chansonnette, et de la force de contact, de la naïveté empirique de notre troubadour, pour faire parler un gamin avec lequel nous avions échoué jusqu'alors à entrer en relation.

Certains adeptes de la psychiatrie pure et dure pourront, à propos de cette histoire, invoquer le hasard qu'ils refusent catégoriquement par ailleurs. Cela les dispensera de s'interroger sur la scène que je viens de décrire et leur évitera de remettre en question la toute-puissance de leur spécialité, seule habilitée à soigner les troubles du psychisme.

Reconnaissons tout de même que cette attitude est de moins en moins partagée. Heureusement. Toute jeune discipline, la psychiatrie – et la pédopsychiatrie *a fortiori* – n'en finit pas de progresser et commence à se défaire de cette morgue qui a été trop longtemps l'apanage de ceux qui la représentaient et considéraient qu'en dehors d'eux-mêmes il n'était point de salut. Consultations et traitements médicamenteux, voilà à quoi se résumaient les soins. La psychothérapie y a ensuite trouvé sa place, indispensable. Il me semble aujourd'hui impossible de faire l'impasse sur d'autres médiations dont l'aspect thérapeutique n'est plus à démontrer.

Autrement dit, la psychiatrie ne doit pas être une discipline verticale, dominée par des psychiatres pleins de suffisance, convaincus qu'ils savent tout et peuvent à eux seuls soigner le patient, quel qu'il soit. Elle a tout à gagner à être transversale, c'est-à-dire à accepter de s'ouvrir à d'autres spécialités qui n'ont apparemment rien à voir, mais qui sont autant de possibilités de contact. L'hétérogénéité des soins m'apparaît comme un principe non discutable. C'est en tout cas ce que j'ai appris, grâce notamment à Philippe Bouteloup et à tous ceux qui ont suivi, venus d'horizons divers, qui ont su, à leur façon, et en acceptant leurs limites, participer aux soins des patients.

Le trouble psychique, toujours complexe, reste à bien des égards mystérieux. Parce qu'il possède un savoir empirique, le psychiatre peut être tenté de croire qu'il comprend tout. Ce qui n'est pas toujours le cas, loin s'en faut. Et quand bien même ce le serait, son savoir et sa compréhension ne servent à rien si l'adolescent ne parvient pas lui-même à mettre du sens sur ce qui lui arrive.

Face au trouble psychique, nul ne saurait prétendre détenir la clé qui permet à coup sûr la guérison. Celle-ci est souvent le fruit d'un processus de maturation. Le rôle des soignants consiste alors à accompagner le patient tout au long de ce travail, en lui évitant de se mettre en danger et de s'abîmer, et en acceptant de s'appuyer sur d'autres médiateurs qui, eux aussi, serviront de soutien et d'étayage dans un moment difficile.

Quand l'adolescent va mieux, sort enfin de cette période si difficile, qui peut dire avec certitude ce qui l'a le mieux aidé ? Il ne s'agit pas d'établir un palmarès, d'affirmer arbitrairement que la sophrologie ou une activité de théâtre soignent mieux que la psychothérapie, mais d'accepter que la « guérison » nous échappe parfois, qu'elle tient à une conjonction de facteurs, de traitements, d'activités, de rencontres… Le trouble psychique devrait au moins nous apprendre l'humilité.

La culture est un soin

Maude arrive de province, sur la recommandation du psychiatre qui la suit depuis un moment et avoue ne plus savoir quoi faire. Elle a 17 ans, pèse moins de 30 kilos et est couverte de scarifications. Elle refuse de parler aux soignants comme aux autres anorexiques qui tentent d'engager le dialogue avec elle, elle crie ou geint quand on l'approche, tente de se cacher, recroquevillée derrière son lit, court la nuit dans sa chambre pour continuer de maigrir encore. Depuis un moment, afin d'être sûre de ne pas prendre un gramme, Maude ne boit plus ; nous avons donc été obligés de la mettre sous nutri-pompe, mais elle la retire elle-même dès qu'on a le dos tourné, avant de la remettre quand quelqu'un approche. Jusqu'au moment où, dans sa précipitation, elle fait une fausse route, avec le risque de noyer les poumons et d'entraîner une infection généralisée, qui comporte un danger vital.

Bien sûr, Maude est anorexique. Ce trouble du comportement alimentaire relève le plus souvent du champ de la névrose. Pourtant, dans 10 % des cas environ, il apparaît comme un symptôme s'inscrivant dans un trouble de la personnalité. Cela semble être le cas pour Maude, à laquelle nous décidons de prescrire des neuroleptiques.

Quelques jours après le début du traitement, Maude participe à l'atelier radio. Contre toute attente, elle, si silencieuse, si repliée sur elle-même, presque catatonique, se met à parler des chevaux. C'est une autre adolescente que nous découvrons à cet instant. La voilà qui s'exprime avec facilité, se montre en syntonie et en empathie avec les autres adolescents. Son attitude hors du champ de l'entretien clinique nous oblige alors à réinterroger notre diagnostic. Preuve que la clinique est bien plus vaste que le seul entretien auquel elle ne saurait se résumer, quelle que soit son importance par ailleurs.

Nous apprendrons peu après que, lors de sa précédente hospitalisation en province, Maude partageait la chambre d'une schizophrène. À la Maison de Solenn, presque malgré elle, elle adoptait le comportement de celle qui était devenue sa meilleure amie, comme si cela lui permettait de mieux dénier sa maladie à elle.

À ceux qui douteraient de l'utilité des soins culturels, l'histoire de Maude apporte un démenti éclatant. En l'occurrence, le soin culturel n'était plus seulement thérapeutique, il devenait un élément du diagnostic. Et c'est après sa participation à l'émission de radio que nous avons arrêté une médication lourde dont elle n'avait aucun besoin.

À la Maison de Solenn, c'est le troisième étage que je préfère. À hauteur de la canopée, juste au-dessus des arbres, ouvert sur le ciel, il est réservé aux soins culturels. J'insiste sur l'expression « soins culturels » : elle dit bien que la culture, les activités culturelles représentent un soin à part entière, au même titre que la psychothérapie – les uns ne dispensant pas de l'autre, cela va de soi. D'ailleurs, ils sont prescrits par les médecins et se déroulent sous la houlette d'un animateur professionnel et avec un soignant : psychologue, infirmière ou médecin, dont la présence valide qu'il s'agit effectivement d'un soin et non d'une activité de patronage destinée à tuer le temps.

Pour relancer le jeu psychique, on a besoin de supports culturels qui sont autant de possibilités d'ouverture et de rencontre, avec soi-même et avec les autres : de théâtre, de musique, de séances sur Internet, de cuisine, de radio, de danse… de tout ce qui fait la vie, en somme, et plus particulièrement la vie des adolescents. Ils sont à un âge où, souvent, ils abandonnent la (ou les) activité(s) pratiquée(s) depuis l'enfance, comme pour mieux s'en détacher et affirmer leurs goûts personnels face à leurs parents. Ils essaient, expérimentent, se passionnent pour la guitare qu'ils délaisseront dès qu'un nouvel engouement pour le saxo ou les arts martiaux se fera sentir. On dit qu'ils zappent, on leur reproche d'être avant tout consommateurs, boulimiques, préférant la quantité à la qualité ; on les accuse de tout commencer et de n'aller au bout de rien… On oublie simplement qu'ils se cherchent et que ce zapping témoigne essentiellement de leur vitalité, de leur curiosité et de leur quête identitaire. Le plus terrible et surtout le plus inquiétant, ce serait qu'ils arrêtent tout, ne fassent plus rien, sans envie, sans désir. Pourquoi l'hospitalisation devrait-elle entraîner l'arrêt de tous les investissements, alors que certains peuvent subsister, même en cas de trouble psychique ? Pourquoi ne pas encourager ceux qui les ont abandonnés à s'y remettre, dans un autre cadre, où ils se sentent peut-être plus en sécurité ?

Les priver de tout ce qui fait la richesse et la diversité de la vie serait alors une façon de les punir de leur trouble. Ils ne seraient plus tout à fait des adolescents, seulement des malades, interdits de plaisir parce que coupables de l'être.

Toutes ces activités que l'on désigne sous le terme de loisirs, sous-entendant que ce n'est pas tout à fait sérieux, ont pourtant un intérêt majeur : elles sont sources de découvertes, d'expérimentations, de création ; elles permettent aux adolescents de penser à autre chose qu'à eux-mêmes et à leurs difficultés, de ne pas être autocentrés ; elles leur offrent des opportunités de se vivre autrement que comme des sujets souffrants, qui ne pourraient se définir et exister que par rapport à leurs troubles.

Certains, on le sait, la dépression notamment, s'accompagnent d'un désinvestissement massif des activités antérieures. On peut se résigner, entériner la situation, accepter que le trouble mette la vie entre parenthèses et fasse disparaître le sujet. Ou, au contraire, lutter contre l'enlisement et le marasme en multipliant les possibilités d'investissement pour que la vie continue malgré tout. C'est cette solution que nous privilégions à la Maison de Solenn. Ce qui n'empêche, en aucun cas, le travail psychothérapique, pour aider les jeunes à réfléchir, à mettre en mots une souffrance qui ne parvient pas à se dire, à comprendre ce que les maux tentent d'exprimer de façon inintelligible. Le choix est tel que, même si certains adolescents ont des réticences, ils finissent toujours par accepter l'une ou l'autre activité. Un refus absolu et durable serait pour moi un signe de gravité particulière au plan psychopathologique, de catatonie schizophrénique, de rupture avec le monde. Un tel adolescent n'aurait sans doute pas sa place à la Maison de Solenn, il nécessiterait une autre prise en charge. Lui proposer des soins culturels auxquels il ne pourrait pas accéder du fait de sa pathologie serait un acte presque agressif à son encontre. Mais, jusqu'à maintenant, le cas ne s'est jamais présenté. Et tous les adolescents ont pratiqué un ou plusieurs soins culturels.

Réapprivoiser une image de soi

Ces activités sont précieuses parce qu'elles viennent signifier que, malgré sa souffrance parfois intense et envahissante, il subsiste en chacun des parties « saines », intactes, sur lesquelles il doit s'appuyer pour retrouver un peu de confiance en soi et de plaisir à fonctionner. Encore une fois, il s'agit de ne pas perdre le sujet de vue, de ne pas le réduire à son trouble. C'est pourquoi je m'agace de ceux qui osent parler de « gadget » à propos des soins culturels.

Le mot a été employé à l'ouverture de la vêtothèque de l'Espace Arthur, à Marseille, en 1995. Le principe, repris à la Maison de Solenn, en est simple : des créateurs nous donnent des vêtements que les adolescents peuvent essayer et éventuellement acheter à des prix dérisoires s'ils le désirent. Certains ont prétendu que je croyais pouvoir guérir ainsi les anorexiques... Or, on s'en doute, ce n'est pas le propos et ma supposée naïveté a des limites ! Je pense seulement que le vêtement est un accessoire qui n'a rien d'anodin, ne serait-ce que parce qu'il constitue souvent une seconde peau. Il suffit de s'arrêter un instant à la façon dont on choisit ses vêtements chaque matin, selon les jours, selon la couleur du temps et selon son humeur, selon les rendez-vous que l'on a, pour comprendre que le vêtement est une façon de se montrer au monde : parfois armure pour affronter et combattre, parfois déguisement pour se faire remarquer, parfois provocation pour se différencier, parfois au contraire protection destinée à se cacher, à se fondre dans la masse. À l'adolescence, le look prend une importance capitale et tend à affirmer la différence des générations – de plus en plus difficilement, il faut le reconnaître, toutes les générations se plaisant dans une apparence adolescente âprement conservée. Le look donne à voir, mais il s'agit souvent d'un leurre derrière lequel l'adolescent se dissimule pour ne pas être mis à nu.

Accepter d'essayer un vêtement quand on est anorexique ou quand on est déprimé au point de ne plus avoir envie de faire le moindre effort, c'est une façon de se cacher pour accepter de se voir, ce qui me semble plus intéressant que de ne plus se regarder ni se voir. L'idée est bien de pouvoir porter un autre regard sur soi-même, d'apprivoiser une image de soi qu'on a perdue…

La démarche est à peu près similaire avec les soins esthétiques et la coiffure. Prendre soin de soi, l'expression est explicite. Se faire beau, c'est important : on va moins mal si on réussit à se plaire, ne serait-ce que de façon fugace, le temps d'apercevoir dans le miroir une image de soi qui surprend, étonne… Un reflet qui vient dire que l'on n'est pas aussi affreux que ce que l'on imagine et qui restera dans un coin de mémoire, comme une trace de ce que l'on peut être. Comme un début de réconciliation, ou d'acceptation de ce que l'on est ou que l'on veut devenir…

Artifice que tout cela ? Mais qui peut prétendre ne jamais avoir recours à l'artifice, surtout à une époque où tout semble se jouer de plus en plus sur l'apparence ? Les adolescents hospitalisés ont le droit, comme les autres, à ce que l'on nomme un peu hâtivement futilité. Elle se révèle parfois essentielle. Quand on sait que ce sont parfois des événements prétendument « futiles », en tout cas qualifiés d'anecdotiques, qui servent de déclencheurs aux troubles des adolescents, pourquoi ne pas accepter l'idée qu'un autre élément « anecdotique » puisse servir de déclic, les aider à en sortir, les remettant en contact avec une partie d'eux-mêmes qu'ils ne voyaient plus ?

Inventivité et créativité

J'ai été invité à déjeuner par l'atelier cuisine. Il a lieu sous la direction des diététiciennes qui, ce jour-là, étaient allées au marché avec les adolescents et tous ensemble avaient confectionné le repas. J'observais plus particulièrement les anorexiques, on s'en doute. Il est banal qu'elles fassent manger les autres, préparant la nourriture qu'elles-mêmes s'interdisent… Ce qui m'intéressait davantage, c'était de constater que certaines, à qui l'on venait de retirer leur sonde, « pastouillaient » : elles touchaient les aliments, mangeaient avec leurs mains, s'autorisant ainsi à jouer avec l'ennemi, comme pour mieux le connaître et l'apprivoiser par le contact. Elles me faisaient songer à de tout jeunes enfants qui ont besoin de toucher, malaxer, jeter les aliments avant de les incorporer. Ce repas ressemblait à un temps de régression où elles retrouvaient un rapport presque archaïque avec la nourriture, un rapport primaire, direct, de l'ordre de la sensualité, dans une société qui, à force de se vouloir civilisée, n'a eu de cesse de mettre la nourriture à distance *via* les assiettes, les couverts. « Ne touche pas, c'est sale », répète-t-on aux enfants qui aventurent un doigt dans la soupe. Mais qu'est-ce qui est sale ? La nourriture ou l'enfant ?

L'un des projets pour l'atelier de cuisine est de faire venir, une fois par mois, un grand chef afin qu'il prépare avec les adolescents un déjeuner où seront conviés les soignants, les patients, leurs familles et quelques amis aussi. Voilà encore une façon d'établir un lien entre le dedans et le dehors et de redonner aux repas toute leur importance, moments de convivialité, de proximité, d'échange et de partage.

La santé, telle que la définit l'Organisation mondiale de la santé (OMS), n'est pas seulement l'absence de maladie, mais un bon équilibre entre le psychisme, le physique et le social. En ce sens, il faut admettre qu'il n'y a pas de division entre la tête et le corps mais que les deux forment un tout : le sujet. On aurait donc tort, sous prétexte de s'occuper de ce qui se passe dans la tête, de se désintéresser de ce qui concerne le corps. Un corps que l'adolescent doit apprivoiser et reconnaître comme sien, malgré toutes les transformations qu'il subit et qui modifient parfois radicalement la perception qu'il a de lui-même. Un corps qui occupe une place centrale à cet âge.

Faire du sport, danser, bouger, jouer sur une scène de théâtre, chanter… Il ne suffit pas d'ouvrir la bouche, il faut aussi se placer, sentir ses pieds s'enraciner dans le sol, sa colonne vertébrale, son diaphragme, redresser les épaules, apprendre à respirer, à placer sa voix… Prendre ainsi conscience de sa corporalité revient à prendre conscience de soi, de sa façon de se présenter et d'être au monde dans ce corps qui réapprend à fonctionner, retrouve mobilité, aisance, souplesse. Ce corps qui n'est plus seulement un ennemi, étranger, mais un allié qui nous permet de nous tenir debout.

Mieux fonctionner avec soi permet de mieux fonctionner avec les autres. Le professeur de musique est aussi l'animateur du café culturel qui organise, une fois par mois, une rencontre avec un artiste, chanteur, musicien, poète, écrivain. Avec une grande poétesse du Liban, les adolescents ont travaillé des poèmes qu'ils ont lus ensuite à voix haute, certains disant ceux de leurs camarades, plus timides et plus inhibés, qui n'osaient pas prendre la parole en public. Le moment était bouleversant : tous avaient su trouver en eux des mots, des images, des rimes, et l'envie d'écrire, de dire quelque chose d'eux-mêmes, du monde, de la vie, de leurs doutes, de leurs rêves, ou même de leurs joies ; tous montraient leur sensibilité, leur talent, tout ce qui reste présent en eux mais dont ils n'ont plus toujours conscience. La poésie, comme les arts plastiques, permet une expression de soi, de son inconscient, de ses angoisses, de la représentation que l'on se fait de son image et de son trouble.

« Ça me dégoûte, je ne veux plus continuer », déclare une anorexique en regardant le moulage de plâtre qu'elle a fait directement sur son corps. Cette sculpture intime provoque le malaise, le rejet de son image qu'elle ne parvient pas à voir comme elle est.

Une autre a commencé à sculpter son corps tout entier. Son état s'améliorant, elle a décidé de le couper en deux : une partie pour montrer la maladie, une autre pour donner à voir son corps qui reprend des formes et de la vie et qu'elle accepte comme étant le sien. Dans la salle d'arts plastiques, les moulages de plâtre sont suspendus au plafond ; ils évoquent des armures de chevaliers un peu fantomatiques, engagés dans un combat contre la faim, la mort, mais aussi la maladie.

Grâce à cet atelier, le troisième étage est devenu une salle d'exposition permanente. Une anorexique a dessiné une petite silhouette noire dont le cou est enserré entre les griffes d'un énorme crabe rouge. Un garçon a représenté un corps disloqué, un bras dans un coin du tableau, une jambe dans l'autre… « On m'avait toujours dit que schizophrénie = morcellement, je vois enfin ce que cela signifie », s'étonne un jeune interne, stupéfait par cette description en images de la pathologie. Et puis il y a un grand tableau magnifique qui attire irrésistiblement le regard. Une silhouette blanche, de dos, dans une allée d'arbres très sombres formant un tunnel au bout duquel on aperçoit la lumière. La silhouette marche vers la clarté, comme Athéna, l'auteur du tableau, repartie vers le soleil de Grèce d'où elle était venue, guérie, semble-t-il, de son anorexie.

Cette exposition permanente est une façon pour les adolescents de laisser une trace qui les aide à dépasser la durée de l'hospitalisation, à s'en souvenir non seulement comme d'un temps de souffrance et de désespérance, mais aussi comme d'un temps où il y a eu du plaisir, de la créativité, et pas uniquement dans le négatif.

Car tous les soins culturels parlent de création et d'inventivité. Ils permettent d'oublier, ne serait-ce que quelques minutes, la pathologie, de s'apercevoir qu'elle n'est pas venue à bout de toutes les capacités du sujet. Cela contribue à changer le regard qu'ils ont sur eux-mêmes, et le regard des autres sur eux. Quand des parents, des frères et sœurs viennent leur rendre visite, au lieu de les trouver dans leur chambre, affalés sur leur lit, walkman sur les oreilles, ils sont souvent obligés d'attendre que leur fils, leur sœur ait fini le théâtre, ou l'émission de radio… N'est-ce pas là une raison d'espérer ? Les soins culturels luttent contre l'ennui et le désœuvrement qui entraînent ou renforcent la dépressivité, le sentiment qu'on n'a envie de rien et qu'on n'est bon à rien. Grâce à eux, l'hospitalisation devient un temps de vie à part entière.

La grande diversité des soins culturels permet à la Maison de Solenn d'être également un Centre d'accueil thérapeutique à temps partiel (CATTP), pour les anciens hospitalisés mais aussi pour les adolescents de l'extérieur qui ont besoin d'un suivi en ambulatoire. On n'y vient pas seulement pour voir le psychiatre, mais aussi pour faire de la danse ou du dessin… Preuve qu'on reste bien un adolescent comme les autres.

Maison des adolescents, le mot a un sens. Il dit qu'ils doivent pouvoir s'approprier les lieux, ne pas avoir l'impression d'être à l'hôpital, se sentir un peu chez eux, afin de n'éprouver ni honte ni gêne à recevoir la visite de ceux qu'ils aiment. Dans le domaine des soins culturels, il reste encore des choses à améliorer, à créer, à développer. Je voudrais agrandir le jardin sur le toit, où les adolescents sèment, plantent, arrosent, jouent avec la terre, regardent pousser des fleurs ou des légumes qu'ils viendront cueillir pour préparer les repas. Je voudrais demander à des artistes contemporains de donner certaines de leurs œuvres pour embellir le service. Je voudrais faire venir le Festiventu de Calvi, ce drôle de « festival du vent » qui ferait danser sur la terrasse des objets aériens et poétiques…

Je voudrais rendre les lieux toujours plus beaux et attrayants, parce que le beau soigne ; inviter les gens que j'aime parce que cette maison est un peu devenue ma maison. Je ne m'en sens pas propriétaire le moins du monde, mais une chose est sûre : je m'y sens bien.

Je voudrais…

La scolarité, base du jeu intellectuel

Groupe de parole, un jeudi matin. La discussion porte ce jour-là sur le look, les apparences, sujet sur lequel les filles sont intarissables, tandis que les garçons contemplent leurs baskets pour masquer leur gêne.

Soudain, une jeune anorexique se lève en regardant sa montre. « Excusez-moi, je dois partir, je vais à mes cours », dit-elle en rougissant, non de honte mais de fierté. Elle va quitter la Maison de Solenn pour se rendre au lycée, non loin de là, où elle a repris sa scolarité tout en continuant à être hospitalisée. Je la regarde partir, souriante et pressée, avec beaucoup de plaisir : il s'agit là d'un signe évident de mieux-être.

Il me semble, et ce n'est pas péjoratif, que l'adolescent est un animal – raisonnable ? – à deux pattes. L'une, ce sont les parents ; l'autre, la scolarité. Les premiers représentent l'ancrage dans le passé, l'historicité, les racines ; la seconde, base du jeu cognitif, intellectuel et même psychologique, est tournée vers l'avenir et constitue un tremplin pour devenir tel que l'on se rêve. Les deux ensemble permettent à l'adolescent de se tenir à peu près droit dans un présent soumis à de fortes turbulences. Les parents sont souvent attaqués en priorité, nous y reviendrons. L'enjeu que constituent les études aujourd'hui, la pression, l'obligation de réussite qui pèsent sur les épaules des enfants, dès le CP parfois, et encore davantage sur celles des adolescents qui doivent impérativement se déterminer sans hésitation, font que l'école et le lycée deviennent des lieux privilégiés de focalisation et d'expression des conflits et de l'angoisse.

Une baisse des résultats scolaires paraît cependant normale, presque inéluctable, à cet âge où les sollicitations sont nombreuses et où les préoccupations se portent sur d'autres objets d'investissement. Au-delà, certains adolescents manifestent ce qui semble être un véritable désintérêt pour les études, vont jusqu'à se dispenser d'assister aux cours, occasionnellement ou plus régulièrement. Peut-être parce qu'ils ont du mal à imaginer que cela puisse leur servir à quelque chose – est-ce parce qu'on leur répète sans cesse que même les diplômés ne sont pas épargnés par le chômage des jeunes ? Plus sûrement, ils trouvent là un moyen d'exprimer un malaise, une fragilité : un doute sur soi, sur ses capacités à réussir, l'adolescent préférant alors renoncer plutôt que de se confronter à ses limites ; ou un refus de se soumettre à la contrainte sociale, qui vient faire écho aux exigences parentales. Désireux de s'autoriser l'exercice d'une liberté où les seules contraintes acceptables sont celles qu'il se choisit lui-même, l'adolescent n'a pas conscience qu'en sabordant sa scolarité, c'est avant tout lui qu'il saborde.

Parallèlement à ce désinvestissement, on observe depuis quelques années une nouvelle pathologie : la phobie scolaire. Contrairement à ce qui se joue dans l'absentéisme, l'intérêt pour les études est ici intact, mais une anxiété majeure empêche d'aller en cours. J'ai remarqué, pour ma part, que ce genre de phobie était souvent déclenché par une mort dans l'environnement, entraînant chez l'enfant ou l'adolescent une peur incontrôlée et incontrôlable de s'éloigner de chez lui, comme s'il pouvait, par sa seule présence, empêcher un de ses proches de disparaître. Quoi qu'il en soit, il se retrouve dans l'impossibilité de franchir les portes de son établissement scolaire et, l'angoisse pouvant s'accompagner de manifestations somatiques : vomissements, tremblements, vertiges..., il ne sert à rien de le forcer.

Il est évident que désinvestissement et phobie scolaire ne peuvent pas être traités de la même manière, mais les deux font courir un risque de désocialisation, voire de marginalisation, et peuvent finir par amputer les perspectives d'avenir. C'est pourquoi, dans les deux cas, la reprise de scolarité doit être l'un des objectifs prioritaires de la prise en charge. L'hospitalisation ne doit jamais être l'occasion de rompre avec les études qui, à mes yeux, font partie intégrante du soin et permettent toujours de recouvrer une meilleure image de soi.

À la Maison de Solenn, nous avons la chance d'avoir obtenu cinq postes de professeurs du secondaire, détachés de l'Éducation nationale. C'est assez rare pour être souligné : à l'exception des hôpitaux de la Fondation santé des étudiants de France (FSEF), les autres ne fonctionnent qu'avec des instituteurs spécialisés. Cinq matières sont ainsi enseignées : les arts plastiques, la musique, le sport, le français et la philo – choix qui correspond sans doute à des goûts personnels, ces matières étant celles dans lesquelles j'aurais aimé briller à l'adolescence. Un nouvel enseignant en histoire-géographie devrait nous rejoindre bientôt.

À partir de la troisième, la philo est prescrite, au même titre qu'un soin culturel. Il est aisé de comprendre combien le questionnement philosophique est un outil intéressant pour aider les adolescents à réfléchir sur eux-mêmes et sur le sens de l'existence.

Nous fonctionnons également avec des associations, comme l'École à l'hôpital, grâce à laquelle les adolescents peuvent bénéficier de cours particuliers, trouvant dans leurs progrès personnels une raison de reprendre un peu confiance en eux et, dans la relation avec leur professeur, un soutien précieux. Nous bénéficions aussi de l'école de l'hôpital Tarnier, notre voisin.

Enfin, nous travaillons en collaboration avec les proviseurs des lycées environnants afin que certains puissent aller y suivre les enseignements nécessaires. L'idée étant toujours que l'hôpital ne doit pas être un lieu clos sur lui-même, enfermant et sclérosant, mais doit s'appliquer à rester ouvert sur l'extérieur, pour permettre des allers-retours et favoriser peu à peu un retour à une vie « normale ». Cette reprise de la scolarité se fait progressivement, surtout en cas de phobie scolaire. Il convient en effet de respecter la pathologie de l'adolescent et de ne pas le confronter à l'objet de sa peur, même s'il n'est qu'un substitut. S'il a peur du noir, je ne l'enferme pas dans le noir ; s'il a peur des araignées, je ne l'oblige pas à prendre des araignées dans sa main ; s'il a peur de l'école, je préfère lui prescrire un enseignement par correspondance plutôt que de l'obliger à affronter l'école… La psychiatrie, ce n'est pas *Fort Boyard* : des serpents, des précipices, pour éprouver le grand frisson et se prouver que l'on peut être plus fort que sa peur. Le comportementalisme a ses adeptes, dont je ne suis pas. Le psychiatre n'est pas là pour (re)dresser l'adolescent, mais pour l'aider à (re)trouver les points d'appui sans lesquels il ne peut fonctionner harmonieusement. L'école en est un. Les études aussi doivent faire partie du soin.

3. Les parents, alliés et supporters

L'adolescence est bien un processus d'autonomisation qui consiste en grande partie à se détacher de ses parents pour pouvoir investir d'autres objets d'attachement. Néanmoins, les parents restent plus que jamais des figures majeures, à la fois points de repère et points d'appui, et continuent à servir d'étayage, même si les relations changent et obligent à des réajustements permanents, souvent sources de tension.

Plus que jamais, l'adolescent a besoin d'eux, de leur bienveillance, de leur affection… et de leur fermeté. Parce qu'ils sont essentiels pour lui, ils sont aussi essentiels pour le psychiatre. Il a besoin de leur adhésion à la prise en charge dont ils doivent toujours être partie prenante.

INNÉ, ACQUIS : UN DÉBAT DÉPASSÉ ?

Longtemps, on le sait, les parents ont été tenus à l'écart du suivi thérapeutique de leur enfant. C'est dans les années 1970 qu'ont été créées des unités d'hospitalisation parents-enfants, dans le cadre de maladies somatiques uniquement. En 1975, à l'hôpital de La Timone, à Marseille, cette unité était composée de douze chambres, mais aucun médecin ne voulait s'en charger. On avait déjà assez à faire avec les patients, s'il fallait en plus s'occuper des parents !… D'emblée, j'ai été attiré par ce poste. Et la première mesure que j'ai prise a été de fermer une chambre pour en faire… une cafétéria, un lieu convivial où les parents, souvent très éprouvés par la maladie de leur enfant, en plein désarroi, se retrouvaient autour d'un verre, entre eux, mais aussi avec les soignants. Il ne s'agissait pas de groupes de parole formels, mais de rencontres spontanées dans un espace ouvert, où chacun pouvait marquer une pause et venir parler, de son enfant, mais aussi d'autre chose. Nombreux sont ceux qui m'ont dit à quel point cette initiative les avait aidés : elle permettait un contact différent avec les soignants, une parole plus libre, moins didactique et moins technique peut-être que dans le cadre des consultations et, surtout, elle créait du lien, luttant ainsi contre le sentiment d'isolement dont certains souffraient.

Depuis cette époque, j'ai toujours travaillé avec les parents, qu'il s'agisse de maladie somatique ou de maladie psychique. Lorsque je reçois un adolescent une première fois, je rencontre toujours son père et sa mère avec lui, ou au moins l'un des deux. L'attitude des uns et des autres durant la consultation me permet déjà de me faire une idée de la relation qui existe entre eux. C'est une première indication. Les parents ont sur moi un avantage de taille : ils connaissent leur enfant, ils ont avec lui une ancienneté que je n'ai pas, et j'ai besoin de savoir ce qu'ils ont compris et analysé de son comportement. Besoin de savoir où ils en sont, eux. Besoin d'eux comme des alliés tout au long de la prise en charge. La relation et le dialogue avec les parents m'apparaissent comme un aspect générique du rôle du médecin, qui doit pouvoir écouter ce qu'ils pensent et imaginent. Le psychiatre a une représentation du trouble qui n'a rien à voir avec la représentation fantasmagorique qu'en ont les parents et l'adolescent lui-même, et il est primordial de les entendre.

Ce qu'on appelle alliance thérapeutique n'est pas un vain mot. Elle comprend l'adolescent, le psychiatre (et l'équipe soignante) et les parents, tous étant d'accord sur la prise en charge, son déroulement et ses enjeux, réunis dans une même volonté de mutualiser leurs compétences respectives, chacun restant à sa place et avec les responsabilités qui lui incombent.

Lors d'un groupe de parole sur le thème des parents, les adolescentes, toujours plus volubiles que les garçons, ont été plusieurs à dire spontanément la même chose : « Nos parents se sentent coupables de nous voir là, ça leur fait de la peine… »

Face au trouble de leur enfant, la culpabilité des parents semble assez inévitable. Quelles erreurs ont-ils pu commettre ? N'ont-ils pas été assez présents, disponibles, attentifs ? Ont-ils fait preuve de trop d'exigence ? ou au contraire de trop de tolérance ? Longtemps, cette culpabilité a été entretenue par le corps médical. De façon plus ou moins explicite, les parents étaient désignés comme responsables, en tout cas comme l'une des causes majeures des difficultés. C'était toujours de la faute du père et, plus souvent encore, de la mère, toute-puissante, omnisciente, faisant à elle seule le destin de son enfant.

Psychiatre américain de talent – il s'est fait remarquer à Chestnut Lodge (Maryland), établissement reconnu pour le rôle qu'il a joué dans l'approche psychothérapique intensive des schizophrènes –, Harold Searles est l'auteur d'un livre, *L'Effort pour rendre l'autre fou*, qui a rencontré un grand succès. « Rendre l'autre fou est dans le pouvoir de chacun », y écrit-il. L'idée est séduisante : si on a le pouvoir de rendre l'autre fou, c'est que la folie n'existe pas en soi. En quelque sorte, l'affirmation de Searles supprime la pathologie mentale... Ce qui soulage tous ceux qui y sont confrontés et pour qui elle demeure incompréhensible sur bien des points. Sauf que, dans la réalité, les choses sont beaucoup moins simples. On sait aujourd'hui, grâce notamment aux progrès des neurosciences, que les troubles psychiques sont d'origine plurifactorielle : biologique, psychologique et environnementale, que l'on désigne sous le terme de « bio-psycho-sociale ». Il peut donc exister une vulnérabilité familiale prédisposant à telle ou telle maladie, ce qui ne signifie pas qu'on ait réussi à isoler le gène de la schizophrénie ou de l'autisme, par exemple, ni que ces maladies soient héréditaires. Mais la composante génétique est réelle, même si elle va être soit renforcée, soit au contraire atténuée, par des facteurs psychologiques et des facteurs environnementaux.

On imagine à quel point cette vision des choses a pu soulager les parents. La culpabilité qu'on leur faisait porter avait un effet dévastateur dans la relation avec leur enfant ou leur adolescent, accentuant ou aggravant le symptôme. Parce que ce dernier va inévitablement se reprocher cette culpabilité, se sentir responsable en grande partie de la fragilité parentale. C'est pourquoi déculpabiliser les uns me semble un moyen de traiter l'autre, à tout le moins de soigner la relation. En tant que psychiatre, je le répète, j'ai besoin que les parents soient mes alliés.

Mais pas n'importe lesquels : des alliés dynamiques, confiants, assurés autant que faire se peut, plutôt qu'effondrés, écrasés sous un poids qui les fait douter de tout, et surtout d'eux-mêmes qui se vivent comme mauvais, nocifs. Débarrassés du poids de cette culpabilité, ils peuvent enfin le réinvestir et être partie prenante du traitement et de la prise en charge. Ils retrouvent la réserve d'espérance nécessaire pour accompagner et soutenir leur adolescent. Ils ne se vivent plus comme tout-puissants malgré eux, savent qu'ils ne peuvent pas tout, ce qui rend, de ce fait, leur adolescent plus autonome vis-à-vis d'eux. Et ils regardent le psychiatre avec moins de méfiance.

On imagine combien l'alliance thérapeutique peut être mise à mal dans le cas où, d'entrée de jeu, on tient les parents à l'écart en leur interdisant de voir leur adolescent durant les premiers temps de l'hospitalisation, par exemple. On a beau leur expliquer que ce n'est pas parce qu'ils seraient pathogènes, la méthode est rude dans sa radicalité et les remet forcément en cause.

Dans l'alliance, l'adhésion et le partenariat avec les parents, le psychiatre a tout à gagner, beaucoup plus qu'avec la mise à distance, l'ignorance et la culpabilisation implicite. Il ne prend plus leur place, n'est plus soupçonné de vouloir se substituer à eux. Il ne se met plus dans une position de toute-puissance – celui qui sait et qui va guérir.

Lorsqu'une jeune anorexique a rechuté, quelque temps après sa sortie de la Maison de Solenn, je me sentais inquiet, préoccupé, mécontent. Son père l'a-t-il senti ? Il m'a tapé sur l'épaule en répétant : « Tenez bon, ça va aller… » Nous étions, lui et moi, sur un pied d'égalité. Nous allions continuer à travailler et à espérer, ensemble. (Elle est sortie maintenant, guérie !)

Des contextes plus sensibles

Le début de l'entretien avec Marine est difficile : dès que je m'adresse à elle, elle s'effondre en sanglots et ne peut rien dire. Sa mère me précise qu'il en est ainsi depuis un moment et, quand on parle à sa fille sur un certain ton, elle est fragilisée et perd ses moyens. C'est donc elle qui prend la parole et me raconte que, peu auparavant, deux jours après la mort de sa femme, le grand-père paternel s'est suicidé de deux coups de fusil, l'un dans l'abdomen, l'autre dans le thorax. Elle dit que son mari aura sans doute du mal à se remettre de ces deux morts, ce qui provoque une réaction exaspérée de Marine : « Mais pourquoi tu parles toujours de ça ? » Je lui fais remarquer qu'elle a à la fois raison et tort. Parler souvent de « ça » la fragilise, et il ne faut pas tomber dans un ressassement morose, mais il est impossible de ne pas en parler sous prétexte de la protéger, ce serait encore plus nocif.

Le récit des malheurs ne s'arrête pourtant pas là. La mère évoque à présent la tentative de suicide de sa propre mère et la mort par septicémie de sa grand-mère, après un avortement à l'ancienne. Le père vient compléter ce tableau en parlant du cancer de l'ovaire de sa sœur, tueur silencieux qui s'est révélé par des métastases, trop tardivement pour laisser espérer une guérison.

De toutes parts, Marine est cernée par la mort. Elle se voit issue d'une lignée de suicidaires et de malades et, de façon presque inévitable, pense qu'elle ne pourra pas échapper à la répétition. Comme dans une tragédie grecque, elle imagine une destinée fatale, une malédiction qui pèserait sur sa famille depuis des lustres et qui condamnerait l'un de ses membres, à chaque génération, à payer pour une faute originelle commise par on ne sait qui.

Toute la difficulté, pour Marine, consiste à déborder ce destin familial marqué du sceau de la mort, à ne pas se laisser prendre dans des identifications mortifères qui la mettraient en danger. Anxieuse d'origine, elle est d'autant plus fragilisée par son environnement. Paradoxalement, son histoire me rassure sur sa structure : Marine a bien des raisons de se sentir menacée, mais le temps viendra sûrement apaiser sa tristesse et lui redonner la confiance en soi que les deuils successifs ont ébranlée. Il faut bien admettre qu'il y a des vies et des contextes plus difficiles que d'autres. Ce n'est la faute de personne, seulement la faute du hasard, des coïncidences. Mais, dans pareil cas, il est rare qu'on échappe à la crainte irraisonnée d'une répétition qui généralement ne se produira pas.

Corinne a 17 ans et elle est boulimique. Elle se gave littéralement, par crise, avale tout et n'importe quoi, l'essentiel étant de se bourrer. Mais elle ne grossit pas car elle se fait vomir aussitôt après, en proie au dégoût d'elle-même. Elle réclame d'être hospitalisée parce qu'elle dit qu'elle ne s'en sort pas, que ses parents ne peuvent rien pour elle, et quand bien même ils mettraient tous les aliments sous clé, elle irait chez l'épicier du coin ou ailleurs, pour pouvoir satisfaire sa compulsion boulimique.

J'accède à sa demande. Mais si Corinne se révèle une patiente agréable, toujours prête à aider ses pairs comme les soignants, elle continue à se gaver, attrapant les restes dans la salle à manger, chopant les morceaux de pain des voisins et, aussitôt après, allant se faire vomir. D'ordinaire prompte à parler pendant les groupes de parole, elle paraît un matin très éteinte et m'avoue, à la fin de la réunion, qu'elle se sent mal. Lorsque je monte la voir dans l'après-midi, cela ne va pas mieux : elle dit qu'elle n'y arrive pas, que c'est même de pire en pire et que le week-end, quand elle retourne chez elle, elle se déchaîne, mange et vomit de plus en plus. Elle me confie aussi qu'elle a des idées sombres, voudrait parfois que tout ça s'arrête.

Puisque nous échouons, je propose de la faire sortir sans plus tarder, le jour même, son hospitalisation ne faisant visiblement qu'aggraver une dépression sous-jacente. La mère est convoquée, mais ne voit pas où est l'urgence : Corinne peut bien sortir le lendemain… Je suis surpris par sa réaction, mais le psychiatre qui suit sa fille est d'accord avec elle.

Lorsque Corinne revient en consultation, un mois plus tard, elle paraît mieux. Elle dit d'ailleurs qu'elle vomit moins, parvient à limiter ses accès boulimiques, en partie grâce à sa mère qui a mis au point des menus équilibrés qu'elle partage avec sa fille. Ce que la mère confirme en ajoutant : « Le problème, c'est que ça marche mieux avec moi qu'avec elle… »

Voilà la deuxième fois que l'attitude de cette femme m'intrigue. C'est assez pour que je hasarde une question : « N'avez-vous pas été boulimique vous-même ? » Elle hésite un instant avant de reconnaître qu'elle a traversé elle aussi une période de boulimie, dont elle n'a jamais parlé jusqu'à présent, ni à sa fille, ni à son mari.

En aucune façon cela ne signifie que la mère est responsable de la boulimie de sa fille. Mais celle-ci, de façon tout à fait inconsciente, reproduit un schéma maternel dont, pourtant, elle ignorait tout. Le cas est fréquent de ce que l'on appelle transmission d'inconscient à inconscient : c'est souvent par crainte de transmettre un symptôme qui fut le sien que le parent choisit de n'en rien dire. Mais, paradoxalement, et malgré lui, il risque d'avoir des attitudes et des discours particuliers, souvent contradictoires et incompréhensibles, que l'adolescent va interroger à sa manière, en reprenant ce symptôme à son insu justement, par identification inconsciente.

Ces deux histoires sont là pour montrer que les troubles psychiques ne sont pas génétiquement transmissibles. Il faut davantage parler de terrain familial : la fragilité existe, mais n'est pas une fatalité. Le rôle du psychiatre est d'aider à comprendre pourquoi, au sein d'une même famille, certains vont développer un trouble quand d'autres y échapperont. Il faut alors se détacher de l'histoire familiale commune pour s'intéresser à l'histoire singulière du sujet.

« Survivre »

Groupe de parole de parents, un soir d'hiver. Parmi eux, le père d'une anorexique qui vient de rechuter répète qu'il voudrait connaître les causes de la maladie de sa fille. J'ai beau lui redire que je ne peux pas identifier une seule cause qui viendrait tout expliquer, il insiste : « Mais on a besoin de savoir, ne serait-ce que pour tenir notre rôle de parent… » Ce à quoi je réponds : « Votre seul rôle, c'est d'être supporter de votre enfant. »

Supporter, au sens sportif du terme. Le supporter du XV de France (ou de la Squadra Azzurra italienne, je ne peux pas renier mes origines) soutient son équipe, quoi qu'il arrive. Il peut la siffler quand elle joue mal et manque cinq essais de suite, il peut même applaudir ses adversaires, mais il lui trouve des excuses, il fait parfois preuve de mauvaise foi pour excuser sa piètre prestation, parce qu'il continue de penser que son équipe est la meilleure et qu'elle gagnera le prochain match.

Le parent doit être supporter de son adolescent, lui apporter son soutien indéfectible, ne serait-ce que parce que les troubles démonstratifs, les conduites à risques, les passages dyssociaux, les attaques de soi peuvent être tout à fait temporaires. Il n'y a pas de linéarité entre les troubles qu'un adolescent développe à un certain âge et ce qu'il deviendra plus tard. Encore faut-il ne pas l'abandonner, ne pas désespérer. Il n'y aura peut-être pas « guérison », mais il y a souvent amélioration, atténuation, quelles que soient les pathologies. On peut faire plusieurs bouffées délirantes et ne pas être schizophrène ; on peut connaître un épisode anorexique, même sévère, et retrouver un rapport satisfaisant avec la nourriture ; on peut se scarifier, faire une tentative de suicide et ne pas recommencer… Pendant ce temps, les parents doivent tenir bon, « survivre », selon la formule si juste de Winnicott, mais en gardant pour leur enfant un attachement affectif d'autant plus grand qu'il est en difficulté et une espérance qui leur permet de ne jamais abandonner la partie, laissant l'adolescent dans une solitude intenable.

Cette amélioration peut être source de malentendus entre les parents et le psychiatre, parce que nous n'avons pas la même espérance. Il m'arrive de me satisfaire de certains progrès qui apparaissent très moyens et relatifs aux parents. Pour prendre un exemple banal : 44 % des consultations de pédopsychiatrie en période de latence (6-12 ans) concernent l'échec scolaire, soit près d'une consultation sur deux. Les parents veulent toujours que leur enfant réussisse ; pour le psychiatre, en revanche, la réussite ne se mesure pas en notes et en moyennes ; il se contente parfois du fait que l'enfant, malgré des capacités un peu en deçà, va mieux tolérer ses difficultés, ne sera pas attaqué dans son estime de soi, n'aura pas de comportements agressifs vis-à-vis des autres ou de lui-même.

Sans aucun doute les parents ont-ils du mal à ne pas être dans le déni du trouble quand il existe. À charge pour le psychiatre de les accompagner pour les aider à accepter la réalité, en prenant soin de ne pas attaquer leur réserve d'espérance, parce qu'elle est essentielle pour leur enfant, comme un étayage sur lequel il peut s'appuyer et qui lui permet de ne jamais se sentir abandonné. Le psychiatre, lui aussi, doit être supporter de l'adolescent, mais, de par sa position, il l'est de façon beaucoup moins affective. Ainsi, mon espérance peut varier avec la compréhension qui s'affine au fil du suivi thérapeutique, ce qui me conduit à modifier mes objectifs et mes attentes : soigner parfois par excès, parfois en étant plus modeste parce que l'excès peut aller à l'encontre de l'amélioration du sujet qui ne peut pas suivre. Ces variations sont parfois sources de tension entre les parents et moi : ils attendent que leur enfant guérisse, redevienne « comme avant »... Ce n'est pas toujours le cas ou, bien souvent, cela nécessite du temps. Et nous devons prendre en compte leur souffrance et tenter de l'apaiser.

Ni rigidité, ni trop grande complicité

C'est la deuxième fois que je le reçois. Damien a 17 ans, ne fiche rien en cours, les sèche dès qu'il le peut, fume du haschich régulièrement, ne supporte plus ni son père ni sa mère, à qui il tient tête en leur opposant son mutisme et sa passivité. Ce jour-là, tandis que ses parents parlent, Damien illustre leur propos en restant les yeux baissés dans la contemplation de ses baskets, le visage fermé, affalé plus qu'assis sur son siège, sans faire aucun commentaire sur ce qu'ils disent, comme si tout cela lui était indifférent, ne le concernait pas. Visiblement, leurs relations ne se sont pas arrangées.

Dans un premier temps, je lui demande de sortir. Les parents se plaignent de son attitude, déplorent ses résultats scolaires de plus en plus catastrophiques, qui menacent d'ores et déjà son passage en terminale, et ses sorties nocturnes répétées dont l'une s'est récemment terminée au commissariat, Damien ayant été arrêté sur son scooter en état d'ébriété après avoir évité l'accident de peu. Ils se plaignent également de l'absence de communication entre eux, de la façon qu'il a de les rejeter sans cesse, quel que soit le sujet abordé.

Dans un second temps, je reste seul en tête à tête avec Damien. L'adolescent se redresse un peu pour me dire exactement le contraire de ce que je viens d'entendre : ses résultats s'améliorent, il fume moins et, non, il ne boit pas, ou si peu. Ses parents lui prennent la tête, ils ne s'intéressent qu'à sa scolarité. En tout cas, une chose est sûre, s'il revient me voir, c'est parce qu'ils ont insisté ; lui pense qu'il n'a rien à faire chez le psychiatre, il va bien, il veut qu'on lui fiche la paix. Est-il seulement conscient qu'il est en train de saborder sa scolarité ? Il reconnaît qu'il a « un peu déconné », mais maintenant il a compris, il ne veut pas repiquer sa première. Il me promet qu'il va faire des efforts dans ce domaine, il veut passer son bac, condition *sine qua non* posée par les parents pour qu'il puisse se lancer par la suite dans la musique, comme c'est son souhait.

Lorsque ceux-ci reviennent dans le bureau, Damien s'affale à nouveau sur son siège. Il ne daigne pas les regarder, ne leur adresse pas la parole, se contentant de ponctuer chacune de leurs phrases d'un « tu me soûles » qui fait étrangement écho à ses ivresses nocturnes. Sans doute, malgré ce qu'il dit, ses parents ne le soûlent-ils pas assez puisqu'il a besoin de s'enivrer ailleurs…

À la fin de la consultation, je propose un suivi par un psychothérapeute, et rassure les parents : il leur faut tenir bon, tout va s'arranger, j'ai confiance en Damien qui s'est engagé à faire des efforts.

Sur le pas de la porte, le père se retourne. « Vous savez, en politique, on dit souvent qu'il y a la France d'en haut et la France d'en bas. La première décide, arbitre, et la seconde va au charbon tous les matins. Là, j'ai le sentiment que vous êtes la France d'en haut, mais nous, pendant ce temps, on trime… »

Il n'y a aucune agressivité dans ses mots, mais, à sa façon, cet homme me signifie que je n'ai peut-être pas tout compris, qu'en tout cas je mesure mal leur état de lassitude et de découragement, et me reproche ce qu'il prend pour de la légèreté. Me voilà pris en flagrant délit d'optimisme. Mais ai-je le choix ?

Damien traverse sans aucun doute une période difficile qui se traduit par un désinvestissement et des conduites à risques. Il convient de rester attentif, de lui proposer un soutien psychothérapique, à charge pour les parents de faire le dos rond et, dans la mesure du possible, de ne pas se laisser entamer par l'attitude de leur fils envers eux. Attitude

« normale », rappelons-le, l'adolescent s'en prenant à ses parents avec d'autant plus d'agressivité qu'il se sent dépendant d'eux et ne parvient pas à s'en détacher ; il adopte alors des comportements outrés, censés être autant de manifestations de son autonomie, alors que, de façon tout à fait inconsciente, il ne fait que maintenir et renforcer le lien, même s'il est insatisfaisant. Cette attitude n'est pas pathologique en elle-même ; elle comporte cependant un risque : que l'adolescent, mû par son désir d'en faire baver à ses parents, ne réalise pas que c'est avant tout lui-même qu'il attaque.

On peut s'interroger ici sur le succès de la pédopsychiatrie, mais aussi sur les attentes des parents à son égard. Tout a commencé avec certains spécialistes de la petite enfance qui ont pu affirmer, à une époque, que « tout se joue avant 6 ans ». La proposition avait le mérite d'insister sur l'importance des premières années et même des premiers mois, trop longtemps considérés comme insignifiants ; mais elle laissait entendre que, au-delà de cet âge, rien ne peut plus changer. De là est né un engouement certain pour la pédopsychiatrie qui, en dénouant les éventuels traumatismes, garantirait un avenir serein. Signe des temps, alors qu'il y a encore une trentaine d'années, les parents venaient consulter sur recommandation du médecin généraliste, ils prennent aujourd'hui cette décision tout seuls, et quelle que soit leur origine sociale. Avec les enfants et les adolescents, on voit donc se multiplier les consultations de première intention, spontanées, dont beaucoup sont préventives. Comme s'il pouvait y avoir une vaccination psychologique, en quelque sorte. Comme si les parents, conscients qu'ils ne peuvent maîtriser ni leurs gènes, ni leur hérédité, voulaient maîtriser le devenir psychique de leur enfant et sa bonne évolution. Comme si, parfois, ils comptaient sur le psychiatre pour se débarrasser d'un problème qui les encombre…

Je suis partisan de ces consultations, car je crois que l'on peut, par une intervention précoce, diminuer l'expression de certaines vulnérabilités. La prévention n'est pas un vain mot, mais il faut savoir reconnaître que, dans certains cas, cette consultation ne servira à rien. Toute difficulté ne nécessite pas une prise en charge psychiatrique. Et l'adolescence n'est pas une maladie. Elle est un long processus d'autonomisation, qui va rarement sans heurts, passages à vide, désinvestissements, hostilité, provocation. Il est exceptionnel qu'elle se déroule de façon linéaire, suivant une courbe de croissance ininterrompue – d'ailleurs, serait-ce seulement souhaitable ? L'adolescence est davantage marquée par des allers-retours, des avancées, des arrêts, des régressions. En soi, la régression n'est pas dramatique ; elle peut permettre à l'adolescent de trouver une réassurance dont il a besoin et qui l'aidera à repartir d'un pied plus assuré. Le rôle des parents est donc bien de continuer à être supporters, en acceptant que leur adolescent soit un peu en deçà de ses possibilités, mais en se persuadant qu'il s'agit d'une phase.

Je dis souvent qu'on a les adolescents qu'on mérite et que les parents d'aujourd'hui ont fait beaucoup de progrès par rapport à ceux d'hier. Compréhensifs, attentifs, ils ont aussi les défauts de leurs qualités. Ils veulent toujours comprendre, trop, perdant de vue que l'adolescence est un temps de secret, une partie de cache-cache avec soi-même et avec les autres, durant laquelle on ne veut surtout pas être compris, parce que cela revient à être découvert et mis à nu.

Autrefois, c'était facile, parce qu'il n'y avait aucune perméabilité entre les parents et les adolescents, chacun était à sa place, les premiers étaient vieux et n'avaient rien à voir avec le monde des seconds, dont les « crises » restaient secrètes, se déroulaient en silence, loin des regards. Aujourd'hui, les parents n'en finissent plus d'être jeunes, on dirait qu'ils n'en ont jamais terminé avec leur propre adolescence. Ils considèrent leurs enfants comme leurs égaux, oubliant qu'ils sont encore en devenir, en construction. Leur plus grande erreur, c'est de les croire grands et autonomes, alors qu'ils ont plus que jamais besoin des figures parentales fortes et affirmées.

Hier, il fallait envoyer balader des parents qui ne comprenaient rien et empêchaient un avenir glorieux ; aujourd'hui, on s'accroche un peu plus longtemps à des parents compréhensifs et complices, pour retarder l'entrée dans un avenir que beaucoup prédisent sombre et que, de ce fait, on a du mal à imaginer. La relation est faite de proximité, parfois de complicité, souvent érotisée, chacun ayant besoin de l'amour et de la reconnaissance de l'autre. Ainsi, malgré tout ce qu'il fait pour démontrer le contraire, l'adolescent veut plaire... mais dans le négatif désormais : plus il est négatif, plus il provoque l'émotion, s'éloigne de l'enfant qu'il a été et qui comblait les attentes parentales. Plus il cherche la confirmation qu'ils continuent à l'aimer quand même.

Plutôt que de toujours chercher des explications aux conduites de leur adolescent, les parents feraient mieux de trouver pourquoi ces excès retentissent de façon si importante en eux, pourquoi ils acceptent en quelque sorte de leur servir de caisse de résonance. Être supporter ne suppose pas de tout supporter. Il faut pouvoir se montrer cohérents, radicaux à l'occasion, et assez autonomes pour ne pas guetter sans cesse l'assentiment de l'adolescent. Si celui-ci les attaque, c'est pour éviter de réfléchir à lui-même : lui poser des limites est donc un moyen de le remettre dans son propre questionnement, différent du leur. Se sentir attaqués, dire que l'ado fait des « conneries », c'est ne pas comprendre son impossibilité à être lui-même et à se contenir, sa difficulté à être soi en cohérence avec un monde qui lui échappe. Entre la rigidité, qui entraîne l'opposition, et la complicité presque démagogique, qui suscite exagération et provocation, les parents avancent sur un chemin de crête qui n'est jamais de tout repos. Comment garder en soi des bribes d'adolescence pour être parfois en empathie, tout en s'affirmant en tant qu'adultes, pour bien marquer la différence des générations ? Pour eux, comme pour leur enfant, l'adolescence est un passage difficile.

OUI À LA DISTANCE, NON À LA PARENTECTOMIE !

Les parents sont indispensables à l'adolescent, ne serait-ce que pour lui servir de punching-ball. Celui-ci a un besoin presque vital de se rebeller, de les critiquer, de les détester, de leur reprocher tout et son contraire. L'opposition systématique, la provocation dont il fait preuve à leur égard sont le signe de l'intérêt qu'il leur porte encore, et de sa dépendance envers eux, dépendance qu'il a du mal à reconnaître parce qu'elle ne correspond pas à l'image qu'il voudrait donner de lui-même.

Face à son agressivité, les parents doivent tenir bon et s'efforcer de trouver cette fameuse « bonne distance » qui n'est jamais fixe. Il leur faut s'adapter sans cesse, être parfois plus proches, plus contenants, parfois au contraire plus éloignés, afin de répondre au mieux à ce que l'adolescent réclame, par ses comportements davantage que par des mots. Mais l'essentiel est bien qu'ils soient là, toujours présents, et conscients que, malgré les apparences, il les aime.

J'en suis pour ma part tellement persuadé que je ne crois pas que la séparation soit nécessaire par principe. Dans certaines pathologies, notamment l'anorexie, il fut un temps où les psychiatres considéraient qu'une part du traitement consistait à interdire tout contact de la jeune fille avec ses parents pendant une durée déterminée. Cette pratique perdure ici et là mais, à la Maison de Solenn, il en va tout autrement. Pas de parentectomie ! La séparation brutale, subie, peut s'avérer plus délétère que bénéfique, c'est pourquoi il nous est arrivé, à quelques reprises, d'hospitaliser l'adolescent avec sa mère, par exemple. En soi, l'hospitalisation représente déjà une mise à distance, permet de respirer, de ne plus vivre uniquement sous le regard des parents et, dans bien des cas, cela suffit à apaiser les relations. Néanmoins, chaque patient arrive avec une histoire familiale singulière ; le psychiatre lui aussi doit s'adapter et, en restant à l'écoute de chacun et de ses possibilités, trouver à chaque fois la solution appropriée.

Annabelle, 17 ans, a déjà connu plusieurs hospitalisations, le trouble du comportement alimentaire ayant débuté tôt, elle était âgée d'à peine 12 ans.

Comme c'est souvent le cas dans ces formes précoces, très sthéniques[1], les rechutes sont fréquentes. Annabelle a une espèce d'obsession : elle affirme avec véhémence qu'elle n'aura jamais d'enfant, non pas à cause des conséquences physiologiques de sa maladie, mais parce qu'elle ne veut pas d'une grossesse qui viendrait lui rappeler son corps qu'elle nie par tous les moyens.

Au début de son séjour, elle vient me voir avec une demande surprenante. « S'il vous plaît, faites que ma mère ne vienne pas pendant au moins quinze jours. Dites-lui que vous ne voulez pas… » Je proteste : « Ici les parents sont toujours les bienvenus », mais Annabelle insiste : « Mon père, d'accord, mais pas ma mère ; elle va pleurer en me voyant, ça va me faire pleurer et, du coup, elle va vouloir que je sorte d'ici sous prétexte que je suis malheureuse… »

Cette adolescente fait preuve d'une belle lucidité et d'un certain courage. Elle sent la fragilité maternelle, elle connaît la sienne, elle sait que leurs fragilités respectives se potentialisent ; elle cherche à sortir d'un fonctionnement dont elle commence à percevoir les limites, mais ne veut pas que sa mère se sente attaquée.

Le désir d'Annabelle est respectable et compréhensible, et je ne peux qu'accéder à sa demande.

---

1. Très actives, sur le plan intellectuel et physique, à l'opposé des formes dépressives.

Elle a besoin d'un peu de temps pour se sentir plus forte, elle veut sans doute se prouver qu'elle peut se passer de cette mère si proche.

Très rapidement pourtant, Annabelle acceptera de recevoir ses visites et ne se sentira plus mise en danger par sa sollicitude. Elle aura pu trouver, auprès des adultes de l'équipe soignante, un appui qui lui aura permis de reprendre un peu confiance en elle.

Quand l'adolescent donne le tempo

Les parents d'Aurélie se sont séparés lorsqu'elle avait 8 ans. Le divorce a été houleux mais, malgré leurs conflits personnels, ils ont réussi à se mettre d'accord sur le principe de résidence alternée. Voilà donc bientôt sept ans qu'Aurélie vit tantôt chez l'un, tantôt chez l'autre, aucun des deux n'ayant refait sa vie par ailleurs.

Les années écoulées depuis la séparation ne sont pas venues à bout de leurs rancœurs respectives, cependant ils viennent ensemble à la consultation. Aurélie leur réclame d'aller en pension et ils ne comprennent pas pourquoi. Désespérés, ils parlent pour une fois d'une même voix : « Alors, elle n'aime personne ! »

Seule avec moi, Aurélie s'explique : elle n'en peut plus, ses parents ne la lâchent pas, elle a besoin d'être seule et stable, dit-elle. Pour l'instant, elle aurait plutôt l'impression de former alternativement un couple avec son père et sa mère. Elle ne me demande rien d'autre que de confirmer un choix qui est, pour elle, une évidence.

Certains spécialistes considèrent que, à cette période, l'internat représente la solution idéale pour dénouer les conflits entre parents et enfants et permettre à chacun de (re)trouver sa juste place. Il est malgré tout abusif de dire qu'il s'agit là d'une panacée. L'internat ne sera utile et bénéfique que s'il vient répondre à un souhait de l'adolescent, ou si celui-ci adhère à la proposition qui lui en est faite. Sinon, on le sait, il est vécu comme une punition, la mise à distance étant prise pour de l'indifférence ou, pire encore, pour une volonté parentale de se débarrasser de l'enfant qui les encombre. Dans ce cas, l'amélioration espérée est rarement au rendez-vous, et les comportements, les attitudes persistent, voire se renforcent. Le retour à la maison est d'autant plus difficile et les relations ne cessent de s'envenimer, l'adolescent rancunier étant peu enclin à pardonner un abandon qui a avivé sa souffrance et sa fragilité.

Dans l'histoire d'Aurélie, ce sont les parents qui se sentent abandonnés à l'idée qu'elle puisse s'éloigner. Pris dans la culpabilité de la séparation et de la souffrance qu'elle pouvait engendrer chez leur fille, chacun des deux parents a fait de celle-ci le centre de sa vie. Aurélie a supporté cette situation durant son enfance – même si on peut penser que, déjà, elle commençait à en percevoir les limites –, mais à l'adolescence elle étouffe littéralement. Elle a désormais besoin d'un temps à elle, ce que ses parents prennent, à tort, pour un rejet. Ils doivent comprendre que, contrairement à ce qui se passait auparavant, ce n'est plus à eux de donner le tempo de la relation.

Le conflit plutôt que le mépris

Une femme arrive en consultation, seule, parce que son fils n'a pas voulu venir. Elle dit qu'elle a beaucoup de problèmes avec lui, mais c'est avant tout d'elle-même qu'elle parle, me racontant une histoire qui n'en finit pas de la faire souffrir. Une mère qui la battait régulièrement devant son père qui n'intervenait pas et se taisait toujours. Une jeunesse un peu isolée, sans beaucoup de joie. De vagues études poursuivies sans conviction avant de trouver un emploi de secrétaire. Une grande solitude affective, alors, aux alentours de la trentaine, des tentatives de rencontres *via* le Minitel puisque, à l'époque, Internet n'était pas encore un lieu de rencontre privilégié. Grâce à cela, une aventure avec un jeune homme d'à peine plus de vingt ans, aventure éclair à laquelle elle mettra un terme alors qu'elle se sait enceinte. Elle n'en dit rien au père, dont, affirme-t-elle avec un brin de provocation, elle a oublié jusqu'au prénom. Elle ne racontera rien de tout cela à son fils, qu'elle adore pourtant, souvenir de cette tendre liaison qui, l'espace de quelques jours, est venue faire frémir sa solitude. Elle dit aussi qu'elle a « du mal avec sa féminité », qu'elle ne parvient pas à nouer des relations amoureuses et même amicales, qu'elle a des crises de boulimie…

Je l'interromps enfin : « Vous vouliez me parler de votre fils ? » Marcel a 19 ans, entame des études de philo, fait de la musique avec son meilleur ami, Alain, dont il est inséparable. Je hasarde un « Alors tout va bien… » rassuré, pensant qu'elle s'est trompée d'adresse : ce n'est pas son fils qui a besoin d'une prise en charge, mais elle-même. Non, dit-elle, ça ne va pas, parce que Marcel ne parle pas. Jamais. À l'en croire, voilà près de deux ans que, à la maison, il n'ouvre pas la bouche. Elle a beau essayer, à chaque fois il lui oppose un mur de silence, ne daignant même pas émettre quelques borborygmes de protestation.

Marcel n'est pas frappé d'une incapacité à parler ; son mutisme sélectif est un acte volontaire et, à travers le récit de cette femme, je pressens qu'il s'agit pour lui d'un moyen de se protéger de la fragilité qu'il perçoit chez sa mère, de maintenir celle-ci à distance, en évitant le conflit comme la connivence, d'interdire toute relation. C'est dire si le mutisme de Marcel est d'une agressivité folle : il annule sa mère en tant qu'être communiquant, ce qui est une façon de nier son existence et de la tuer. On pourrait dire qu'il s'agit d'un matricide par le non-langage.

Marcel n'est pas malade, il a besoin de trouver des exutoires à son agressivité et à la souffrance qu'elle recouvre, et des moyens de l'exprimer, comme le psychodrame ou le théâtre. Il doit pouvoir trouver les mots pour dire ce qu'il ressent à son égard plutôt que de le taire et, finalement, de le nier. Imagine-t-on ce qui se passerait s'il arrivait quelque chose à sa mère ? Il serait alors dans un état de culpabilité tel qu'il risquerait de retourner son agressivité contre lui-même. Privé de l'objet de sa haine, il n'aurait plus de défense.

Être un enfant, quel que soit son âge, c'est aimer ses parents, même s'il y a beaucoup d'ambivalence dans l'amour qu'on leur porte. On les aime aveuglément dans l'enfance ; on croit parfois les détester à l'adolescence, parce qu'ils nous déçoivent et entraînent une désillusion ; on devient adulte le jour où l'on parvient à les critiquer sans les rejeter (sauf cas particuliers, l'inceste par exemple), à les aimer malgré leurs défauts, leurs erreurs, leurs faiblesses. L'adolescence sonne l'heure des « règlements de comptes » et le parent ne peut pas se dérober.

4. Les troubles du comportement alimentaire

Troubles caractéristiques de l'adolescence, anorexie et boulimie sont parmi les plus répandus. On distingue plusieurs formes d'anorexie : l'une dans laquelle la jeune fille se nourrit à peine, l'autre – dite mixte, ou « anorexie boulimique » – où le contrôle du poids se fait par vomissements provoqués et/ou prises de laxatifs et de diurétiques. On dit de l'anorexie qu'elle est une addiction à la sensation de faim ; la boulimie étant une addiction aux aliments, toujours absorbés en quantité excessive, par crises répondant à un besoin compulsif et irrépressible de se gaver littéralement.

Si, dans une société faisant de la minceur une vertu cardinale, les grosses provoquent le dégoût, les anorexiques fascinent en même temps qu'elles révoltent. Comment des jeunes filles qui, selon l'expression consacrée, ont « tout pour elles », peuvent-elles s'abîmer à ce point quand d'autres, ailleurs, meurent de faim ?

Pour une prise en charge pluridisciplinaire

Quand je l'ai connue, elle était d'une maigreur effrayante, à peine plus d'une trentaine de kilos. Pour se nourrir, elle mangeait presque exclusivement des pommes puis, trouvant que cela faisait encore trop, elle s'est mise à les peler, se contentant de tamiser la peau qu'elle versait dans du thé, affirmant qu'elle avait ainsi une ration nécessaire de glucides. Elle aimait par-dessus tout aller à la plage, et je m'étonnais qu'elle puisse exhiber ce corps squelettique ; je n'avais pas compris qu'elle ne le voyait pas, pas plus qu'elle ne voyait les regards sur elle. Son plus grand plaisir consistait à s'allonger sur le sable, s'exposer au soleil en se moquant du risque de déshydratation que cela lui faisait courir, compte tenu de la fragilité de son organisme et de ses défenses immunitaires. Comme je tentais de lui expliquer qu'elle se mettait en danger, elle eut cette réponse étonnante : « Je garde les yeux entrouverts et je regarde les rochers. J'aime imaginer qu'un jour je pourrai me glisser dans une de ces fentes minuscules entre deux… » Exprimant à son insu son refus de la féminité et de ses formes, elle se rêvait minérale, la pierre remplaçant la chair, la dureté et la rigidité se substituant aux rondeurs et à la sensualité.

C'est pourtant le soleil, si potentiellement dangereux, qui a permis, de façon un peu surprenante, une prise de conscience. Bronzée, presque cuite, elle s'est soudain vue, avec une peau craquelée et un duvet de poils blonds que le bronzage ne faisait que souligner, et eut, dit-elle, l'impression de s'être transformée en un affreux animal mythologique ou en un personnage fellinien. Cette vision d'elle-même a provoqué sa colère, son dégoût. Voilà qu'elle ne supportait plus son apparence. « Je suis un os à poil et à poils », résuma-t-elle un jour, signifiant qu'elle percevait enfin son extrême maigreur.

Je l'ai suivie longtemps avant de la perdre de vue ; j'ai eu des nouvelles d'elle par hasard, il y a peu de temps, mais je ne l'avais pas oubliée : elle était la toute première anorexique que je prenais en charge.

Je la voyais en consultation, deux à trois fois par semaine, convaincu naïvement que, grâce aux seuls entretiens, elle finirait par retrouver un rapport normal à la nourriture. Combattant, je voulais à tout prix attaquer son symptôme ; faute de percevoir l'ampleur du déni qui était le sien, j'espérais qu'elle parviendrait à avoir une position critique sur son état et sur elle-même. À sa volonté de maîtrise, j'opposais ma volonté de la guérir… Mais, son état de santé le permettant, j'évitais une hospitalisation qu'elle refusait et à laquelle, à l'époque, j'étais très opposé. Avec l'isolement obligatoire et le contrat de reprise de poids, l'hospitalisation me semblait en effet une incarcération, la représentation ultime de l'agressivité psychiatrique vis-à-vis de l'anorexie.

Lorsque la Maison de Solenn a ouvert ses portes en novembre 2004, sur les 800 consultations enregistrées le premier mois, 42 % concernaient des troubles du comportement alimentaire. L'hospitalisation a été effective quelques semaines plus tard et, sur les 20 lits que compte désormais le service, 8 leur sont consacrés.

Ma détermination à guérir l'anorexie n'a pas faibli depuis mes débuts ; en revanche, ma position sur la prise en charge est bien différente, et je suis devenu partisan de l'hospitalisation. Elle est une façon de signifier à l'adolescente que l'on n'est plus complice, que l'on ne va plus la laisser seule avec son trouble, mais s'en occuper au contraire de façon pluridisciplinaire. L'anorexie, en effet, ne relève pas du seul psychiatre ; elle mérite une prise en charge globale par un psychothérapeute, un endocrinologue, un nutritionniste, un pédiatre, le médecin de famille, mobilisés pour évaluer l'état de l'adolescente d'un point de vue psychique et physiologique.

Néanmoins, je reste résolument opposé à tout contrat de reprise de poids tel que certains services le pratiquent. « Tu auras le droit de téléphoner quand tu auras repris un kilo… » « Tu pourras recevoir des visites quand tu en auras repris deux… »

J'y vois une forme de chantage d'une agressivité inouïe puisque c'est une façon de dire : « Si tu veux manger, il ne tient qu'à toi », laissant entendre à l'anorexique qu'il lui suffit d'un peu de bonne volonté pour s'en sortir. En filigrane perce l'idée qu'elle est responsable de sa maladie et la maîtrise parfaitement. Or, la volonté n'a rien à voir ici, on s'en doute, puisque le trouble du comportement alimentaire obéit à des mécanismes inconscients.

En revanche, je suis devenu favorable à l'alimentation par sonde, appelée aussi nutripompe. Il me semble que ce temps de nutrition forcée permet de gagner du temps : elle diminue la durée de l'hospitalisation et, mieux que les antidépresseurs que l'on prescrit souvent, contribue à éviter le marasme et l'enlisement. Les anorexiques reprennent du poids contre leur gré, en quelque sorte, tout en restant fidèles à leur anorexie.

Pour une hospitalisation à la carte

Elle a à peine 20 ans, pèse 38 kilos pour 1,76 mètre. Elle est suivie depuis deux ans, mais reconnaît qu'elle ne se sort pas de son anorexie. Elle est en deuxième année d'école de commerce, actuellement en pleine préparation des examens, qu'elle espère vivement réussir. Elle parle avec volubilité, un peu de précipitation parfois, me laissant peu de chances d'intervenir. Puis, tout à coup, elle éclate en sanglots. Ce désarroi, qu'elle masquait par son brio et son intelligence, me pousse à lui proposer de l'hospitaliser. Elle sèche alors ses larmes pour déverser son agressivité contre moi, me traitant de pauvre rhétoricien qui ne comprend rien. Ne pouvant rien faire contre sa volonté, je lui dis qu'il vaut mieux en rester là et la persuade de poursuivre la prise en charge entamée il y a deux ans.

Elle m'envoie pourtant le lendemain un courriel qui commence par ces mots : « Monsieur le rhétoricien… », mais demande à me voir d'urgence. Je la reçois et la même conversation recommence : je veux l'hospitaliser, elle m'accuse de vouloir la faire échouer à ses examens. Avouons-le, je ne m'en sors pas. À court d'arguments, je lui suggère que nous pourrions envisager une hospitalisation à temps partiel, le week-end par exemple, afin qu'elle puisse par ailleurs continuer à assister à ses cours. Alors qu'elle campait sur son refus, à ma grande surprise, elle accepte cette solution tout à fait improvisée. Deux mois plus tard, elle a déjà repris plus de 4 kilos.

Plus j'avance, plus je crois que l'hôpital doit s'adapter aux adolescents, à leurs rythmes, à leurs exigences. La rigidité est sans effet, et nous devons faire preuve d'adaptabilité, afin de ne pas nous heurter à une opposition massive qui représente toujours un frein à la prise en charge. L'adhésion de l'adolescent(e) au traitement constitue un atout supplémentaire pour une évolution favorable. J'envisage même – pourquoi pas ? – l'hospitalisation à domicile (HAD) pour des anorexiques gravement atteints, à qui l'on viendrait installer leur sonde chez leurs parents. Ce serait un drôle de pied de nez à tous ceux qui voient dans la séparation d'avec la famille l'un des éléments essentiels de la prise en charge. L'expérience mérite en tout cas d'être tentée.

Une psychose monosymptomatique

Lors de notre première rencontre, Jean, 15 ans, était atteint d'une anorexie gravissime qui résistait à toute psychothérapie. Il avait une maman aux formes voluptueuses, avec laquelle la relation était érotisée au point qu'il dormait dans son lit, prétextant que ça le rassurait. La relation avec son père, au bord de l'obésité, était plus difficile : Jean lui réclamait sans cesse d'aller acheter des gâteaux, désir auquel le père s'empressait de répondre, alors que, sitôt les gâteaux arrivés, le garçon détournait la tête en expliquant qu'il s'était trompé : il avait cru avoir faim, mais décidément non, la seule vue de ces pâtisseries lui donnait mal au cœur. Ainsi Jean manipulait-il ses parents, qui se laissaient faire dans l'espoir qu'ils l'aideraient davantage en se pliant à ses exigences qu'en y résistant.

Jean a été hospitalisé une fois, lorsque son poids était devenu trop critique ; le reste du temps, il a continué d'être suivi sans que son état s'améliore jamais. Malgré son trouble, il réussissait à poursuivre des études qui l'ont conduit à l'université. Celle-ci étant éloignée du domicile familial, il a dû prendre une chambre dans la cité universitaire. C'est là qu'il s'est pendu, quelques semaines après la rentrée. Comme si, se retrouvant seul, dans l'impossibilité de manipuler ses parents, il n'avait plus aucun dérivatif et ne pouvait plus échapper à son désordre interne. La tendance à la manipulation si caractéristique des anorexiques apparaît alors comme un système de défense, un moyen de lutte pour éviter la confrontation à soi-même et à son trouble ; en ce sens, aussi pénible soit-elle à vivre, elle est préférable, pour le sujet, au marasme mélancolique qui le laisse sans recours.

Jean était le premier garçon anorexique auquel j'étais confronté. Autant dire qu'il me paraissait aussi mystérieux qu'étrange. En effet, l'anorexie est un trouble majoritairement féminin – 10 filles pour 1 garçon environ. L'on prétend qu'elle est souvent plus grave pour celui-ci, que les chances d'évolution sont moins bonnes. La question se pose alors : est-ce parce que l'anorexie masculine serait toujours plus inquiétante, ou est-ce parce que les soignants sont plus démunis devant ces rares cas qu'ils ne savent pas bien prendre en charge ?

Dans le cas de Jean, il est évident que ma jeunesse et mon manque d'expérience m'ont conduit à une mauvaise appréciation de son état. J'étais focalisé sur sa maigreur, au point de ne pas entendre tout ce qu'il me disait et qui, pourtant, aurait dû m'alerter. Ainsi prétendait-il avoir une machine, à l'intérieur de lui, qui lavait son estomac lorsqu'il mangeait, signe manifeste d'une pensée délirante. Son anorexie était sans doute un symptôme d'un trouble psychotique.

Cela arrive parfois, mais, dans la grande majorité des cas, l'anorexie relève de la névrose. Cependant, certains, à la suite de Mara Selvini, psychiatre et psychanalyste italienne, parlent de « psychose monosymptomatique » en ce sens qu'on observe ce que l'on pourrait appeler un délire partiel : les anorexiques ne voient pas leur corps, elles sont dans le déni de la réalité de leur maigreur. Alors même qu'elles se cadavérisent – le mot n'a rien d'excessif, eu égard au fait qu'elles n'ont parfois plus que la peau sur les os –, elles se voient encore trop grosses et, si jamais elles reprennent un peu de poids, elles se font horreur. Elles refusent les formes, les rondeurs, cherchent à effacer tous les aspects extérieurs de la féminité, dans un déni du corps sexué et de la sexualité qu'il suppose. Les anorexiques ont d'ailleurs peu de relations amoureuses et sexuelles, leur maigreur leur servant de protection contre les regards de désir. On comprend mieux pourquoi ce trouble survient essentiellement à l'adolescence, au moment de la puberté qui vient signer l'entrée dans la féminité. D'où l'étonnement des psychiatres devant les formes d'anorexie prépubères, beaucoup plus rares cependant.

Animées par un idéal ascétique, se rêvant pur esprit détaché de son enveloppe charnelle, les anorexiques mettent leur corps à rude épreuve avec une remarquable indifférence. Pourtant, les conséquences de la dénutrition apparaissent rapidement ; elles sont nombreuses mais nous en retiendrons trois : aménorrhée – mais cet arrêt des règles, signe évident de la pathologie, correspond bien à leur refus de la féminité –, perte de la masse musculaire, baisse du taux de potassium entraînant des troubles du rythme cardiaque avec parfois un risque vital. Là encore, elles sont dans le déni de la gravité de leur état, affirment que tout va très bien, certaines allant même s'épuiser dans des activités physiques pratiquées avec outrance, dans une sorte de défi permanent. Il n'y a pourtant chez elles ni refus de vivre, ni désir de mourir, mais plutôt la volonté obstinée de repousser toujours les limites du vivant. Néanmoins, l'idée de la mort plane souvent autour d'elles, provoquant l'angoisse de l'entourage, parfois aussi celle du thérapeute qui les hospitalise dans l'urgence, pour éviter le pire. Quand cela est possible, l'hospitalisation librement acceptée me paraît plus favorable pour leur évolution.

Ce qui est en jeu, chez les anorexiques, est bien l'appétit. Elles sont débordées par un désir si grand qu'il les effraie et elles tentent de le nier, à travers une maîtrise et un contrôle permanents, non seulement de leur poids et de leur corps, mais aussi de leur entourage. On les dit manipulatrices, à juste titre. Elles prétendent ne pas vouloir qu'on s'inquiète pour elles, mais tout leur comportement est source d'une préoccupation et d'une sollicitude qu'elles rejettent, aboutissant ainsi à inquiéter davantage. Dans le fond, il y a souvent chez elles un fantasme d'autosuffisance : elles n'ont besoin de rien ni de personne pour se nourrir, au sens propre comme au sens figuré, alors que, par leur attitude, elles ne cessent de dire leur besoin des autres, de leurs parents notamment, à commencer par leur mère, prise avec sa fille dans une relation fusionnelle dont ni l'une ni l'autre ne parviennent à s'extraire. L'hospitalisation permet alors une mise à distance, mais ne doit pas être synonyme de séparation drastique avec interdiction formelle de toutes visites. La violence que les anorexiques exercent sur leur entourage ne doit pas recevoir en réponse la violence thérapeutique, la seconde risquant de renforcer la première quand elle prétend la combattre.

Les mannequins, coupables désignés

Souvent présentée comme une maladie des temps modernes, l'anorexie est pourtant décrite depuis l'Antiquité. Mais, depuis une vingtaine d'années, elle est mieux repérée et mieux prise en charge ; elle est donc plus « visible » et on a le sentiment qu'elle est en augmentation, même s'il est difficile d'avoir des estimations exactes.

L'anorexie est-elle une maladie de la société de consommation ? En tout cas, elle est l'apanage des pays riches et industrialisés, liée sans doute en partie au contexte socioculturel ; dans les pays en voie de développement, où les rapports au corps et à la nourriture et les canons esthétiques sont différents, elle est pratiquement inexistante. L'idéal de minceur qui prévaut dans nos sociétés occidentales, représenté par des mannequins filiformes s'étalant dans les magazines féminins, les publicités, sur les podiums des défilés de mode, est ainsi pointé du doigt : il serait responsable de favoriser les comportements anorexiques. Il est vrai que les jeunes adolescentes, en proie aux transformations pubertaires qui arrondissent leur corps, courent souvent après une image non seulement idéale, mais conforme à une norme dont elles ont besoin pour se rassurer. D'où l'apparition de ce que j'appelle le « syndrome du mois de mai » : l'été approche et, pour pouvoir se mettre en maillot de bain, elles entament

– souvent avec leur mère, habitée par la même préoccupation de minceur – un régime destiné à leur faire perdre quelques kilos superflus. Elles se restreignent un moment, enviant peut-être ces anorexiques qui n'ont aucun effort à faire pour résister à la tentation, mais la grande majorité d'entre elles retrouvera bientôt les plaisirs de la gourmandise et succombera aux fringales propres à cet âge qui, dans tous les domaines, fonctionne sur le principe du tout ou rien : « Je jeûne ou je dévore » ; entre les deux, l'équilibre est parfois long à trouver.

Quelques-unes, pourtant, ne vont pas se contenter des kilos perdus et le régime initial apparaîtra comme les prémices d'un trouble qui, bientôt, les envahira. Elles sélectionnent d'abord les aliments en fonction de leur valeur calorique, traquent sans relâche la moindre trace de gras, mâchent durant des heures… Si elles veulent maigrir, elles désirent plus encore s'affamer, parvenir à supprimer toute sensation de faim ou de satiété. Lacan définissait l'anorexie comme un « désir de rien » ; d'autres y voient « une addiction au manque » ; on comprend alors que ce n'est plus l'idéal de minceur qui est en jeu, mais quelque chose de plus intime, de plus profond et de beaucoup plus mystérieux. Autrement dit, il ne suffit pas de vouloir être mince comme un mannequin pour devenir anorexique. D'ailleurs, on omet de le souligner, mais le trouble du comportement alimentaire, lorsqu'il commence au début de la puberté, entraîne une sidération de la croissance qui interdit bien vite de s'imaginer sur les podiums.

Pour expliquer la violence, on peut dénoncer les images violentes et tenter de les interdire, mais on sait que pareilles mesures, essentiellement médiatiques, ne font pas baisser les chiffres de la délinquance et n'ont d'autre vertu que de dissimuler, un temps, l'absence d'une politique globale s'attaquant au fond du problème. De la même façon, pour lutter contre l'anorexie, on peut accuser la mode dans son ensemble et aller, comme en Espagne, jusqu'à interdire aux mannequins en deçà d'un certain poids de participer aux défilés. Mais qui peut croire sérieusement que cela aura une incidence sur le nombre de cas d'anorexie ? Comme toujours, quand on ne comprend pas, on cherche à désigner un coupable, à trouver des explications simplistes et simplificatrices. Les mannequins deviennent ainsi des « mauvais objets », tous soupçonnés d'anorexie ; on oublie simplement que le mannequinat est un métier – qui entraîne, certes, des comportements alimentaires particuliers de surveillance et de restriction –, pas une pathologie.

Perspectives d'avenir

Je reçois une jeune fille avec sa mère. Elle a 16 ans, elle est vive, brillante, fait preuve d'une grande aisance dans le contact et déploie une séduction faite de légèreté et de rire. Elle ne comprend pas pourquoi sa mère l'a obligée à venir me voir : elle reconnaît avoir maigri, bien sûr, mais elle n'est pas malade. La preuve : elle peut se remettre à manger si elle le désire. Elle réussit au lycée, elle a de grandes ambitions professionnelles dans la diplomatie, elle a quelques très bonnes amies... Décidément, tout va bien, mais sa mère se fait toujours trop de souci à son sujet.

Je l'interromps : « Je ne te crois pas quand tu dis que tu vas bien. En revanche, je crois que ta mère a raison, tu es malade. »

Elle crâne, rigole, tout ça, ce sont des histoires, je n'arriverai pas à lui faire peur.

Je m'entête : « Et moi, je n'ai pas peur de te répéter que tu es malade. Tu as même une sale maladie qui s'appelle l'anorexie. Et tu n'as pas de chance, parce que s'il y a bien une maladie que je ne supporte pas, c'est celle-là. »

Elle a un peu perdu de sa superbe en m'écoutant, mais persiste à affirmer qu'elle n'est pas malade.

« Alors, puisque tu n'es pas malade, tu vas arrêter ton régime aujourd'hui même. Tu vas donc reprendre du poids et l'on se reverra dans quinze jours pour le vérifier. Si tu n'as pas repris au moins un kilo, je t'hospitalise. »

Le rire et la légèreté ne résistent pas. Elle se met à pleurer.

On peut me reprocher d'être un peu offensif et brutal, mais la fréquentation des anorexiques m'a appris à ne pas me laisser prendre à leur apparence. Car, c'est un grand standard, elles donnent toujours une image de perfection et de cohérence, n'en finissent pas de montrer comme elles vont bien dans leur tête et dans leur corps. On pourrait dire qu'elles ont un côté carnavalesque, en ce sens qu'elles se dissimulent sous un masque raisonnable qui est aussi un système de défense. Moi, ce qui m'intéresse, comme toujours, c'est ce qu'il y a sous le masque.

Les pleurs viennent ici signifier une fragilité. La jeune fille comprend qu'elle ne peut pas me manipuler comme elle manipule ses parents, elle se sent percée à jour, atteinte dans son sentiment de toute-puissance. Mais ses pleurs peuvent aussi être l'expression d'une dépression, ce qui, au risque de surprendre, apparaît comme un signe positif : l'anorexique réalise qu'elle s'est enfermée dans un symptôme qui la piège et dont elle n'arrive plus à s'extraire ; lâchant la toute-puissance qui est la sienne, elle peut commencer à lâcher ce symptôme, au moins partiellement. La dépression est comme une faille dans un système qui jusque-là n'en comportait aucune, et il y a lieu de considérer qu'elle constitue un progrès. Pourtant, c'est à ce moment-là que des idées suicidaires peuvent apparaître, comme si, prenant conscience de l'ampleur d'un désastre qu'elle ne voyait pas auparavant, l'anorexique préférait y mettre un terme de manière radicale. Ainsi, de façon paradoxale, c'est quand elle va mieux que, fragilisée, perdant les défenses qui étaient les siennes, l'anorexique peut penser à se tuer. Lorsque l'on sait qu'environ 10 % des anorexiques meurent, davantage par suicide que des suites de la dénutrition, on comprend l'importance de les prendre en charge. Personnellement, je suis encore plus attentif à toute note dépressive qu'à l'amaigrissement spectaculaire qui, avec une alimentation par sonde, parvient toujours à être stabilisé.

Noémie est anorexique mais refuse toute hospitalisation qui, nous le pensons, l'aiderait à s'en sortir. Elle accepte pourtant un suivi psychothérapique et finit par consentir à une hospitalisation plus que partielle : elle viendra déjeuner tous les jours à la Maison de Solenn, afin d'être surveillée dans son alimentation.

Aujourd'hui, Noémie plafonne à 46 kilos. Elle ne maigrit pas assez pour être hospitalisée ; elle ne grossit pas assez pour qu'on puisse la considérer comme guérie. Elle n'est plus en danger vital, elle a retrouvé le sourire, elle est contente de son poids, qu'elle accepte sans se sentir obèse.

Faut-il considérer que nous avons échoué ? ou admettre que Noémie a le droit d'être au monde en flirtant sans cesse avec les frontières de l'anorexie ? Admettons qu'il s'agit ici d'une forme un peu froide d'anorexie, qui risque de perdurer. Sans menace de mort, la vie devient possible, même si elle ne sera probablement pas exempte de moments d'effondrement, de dépressivité, avec repli, voire isolement social, affectif et sexuel. Plutôt que de parler d'échec, je préfère parler de demi-réussite, ce qui est mieux que rien – le psychiatre doit parfois être modeste dans ses ambitions.

Peut-on guérir de l'anorexie ? Si l'on en croit les sacro-saintes statistiques, peu de sujets s'en sortiraient indemnes. Il faut alors se demander si la prise en charge est adaptée, si certaines hospitalisations ne sont pas à l'origine d'une iatrogénisation [1] des suites. Les troubles du comportement alimentaire sont aujourd'hui mieux repérés, mieux compris, mais, sauf à se résoudre à ne pouvoir rien faire, il faut réfléchir aux limites de notre accompagnement et chercher toujours d'autres solutions pour aider les adolescents à apprivoiser leur appétit de vivre et à (re)trouver un autre rapport au monde.

1. Complications, effets pathologiques d'un traitement.

5. Les pathologies évoluent avec le temps

Les troubles psychiques sont, sans aucun doute, en lien avec le contexte socioculturel. Chaque époque voit ainsi l'apparition de modes d'expressivité psychopathologiques particuliers, qui nous amènent à réinterroger notre pratique et à réviser nos classiques.

Malgré ces évolutions, les troubles de l'adolescence tournent autour de problématiques assez constantes : l'image de soi notamment, centrale à cet âge, et qui passe par l'exploration parfois anarchique de ses propres limites, physiques et psychiques, afin de tenter de savoir qui l'on est et ce que l'on peut devenir.

Que sont les hystériques devenu(e)s ?

C'est une histoire qui remonte à plusieurs années déjà. Un garçon de 15 ans arrive dans le service de La Timone en fauteuil roulant. Quelques semaines auparavant, il s'est réveillé un matin sans plus pouvoir marcher. On lui a fait toutes les explorations possibles, radios, scanners, ponction lombaire, mais elles ne révèlent aucun trouble fonctionnel ou organique. Cette paralysie soudaine apparaît donc comme une « conversion hystérique » : la souffrance psychique, non mentalisée et non formulée, se convertit en affection somatique.

L'histoire de Pierre est triste et banale à la fois : il est battu depuis l'enfance par un père brutal et alcoolique qu'il redoute et déteste. Heureusement, il trouve un peu de réconfort auprès de son grand-père, attentif et affectueux, qui, à la suite d'une maladie infectieuse, a perdu l'usage d'une jambe. Sans doute Pierre ne marche-t-il plus par identification à ce grand-père, échappant ainsi à une identification paternelle impossible. En reprenant le symptôme de l'aïeul, il apaise son angoisse de pouvoir un jour ressembler à son père, envers lequel il éprouve une animosité bien compréhensible mais dont il se sent coupable.

Deux jours après son arrivée dans le service, je demande qu'on lui retire son fauteuil – une façon de lui dire : « Lève-toi et marche ! » Attitude un peu mégalomaniaque, mais qui ne signifie pas que je me croie capable de faire un miracle ! Autour de moi, l'équipe – les psychanalystes en tête – critique ma position : « En lui retirant son fauteuil, vous attaquez le symptôme qui le protège. » C'est vrai, et mon choix est plus que discutable, indéfendable d'une certaine façon, mais je refuse d'aller dans le sens de l'hystérie parce que je crois que le patient a tout à y perdre. Mon agressivité n'est pas tournée contre Pierre, mais contre son symptôme – même si, je dois le reconnaître, la différence peut être difficile à percevoir pour lui. D'ailleurs, Pierre marche. Mal, en se tordant, en s'agrippant à tout ce qu'il trouve, mais il fait la preuve qu'il peut se passer du fauteuil roulant et retrouver un semblant d'autonomie. Les psychanalystes avaient raison, bien sûr : la conversion hystérique protège d'une douleur psychique insupportable, que l'adolescent ne peut pas reconnaître. Le corps permet ainsi de faire l'impasse sur le psychisme. La crainte ou l'inconfort que la somatisation fait naître est mille fois moins redoutable que l'anxiété qui la provoque.

Bien des années plus tard, voici Archibald. Son prénom démodé va bien avec son apparence un peu surannée, soignée et recherchée à la fois, très loin de l'habituelle dégaine des adolescents d'aujourd'hui.

Il a 16 ans et, depuis six mois, ne dit plus un mot, non parce qu'il ne veut pas, mais parce qu'il ne peut pas, aucun son ne sortant plus de sa bouche. C'est arrivé brutalement, sans aucun signe avant-coureur, quelques jours après la rentrée scolaire dans un lycée où, à cause de son look étonnant, de ses manières précieuses, il a été rapidement la cible de ses pairs, peu charitables à l'égard de ce « petit marquis qui se la joue », me raconte sa mère. Archibald est ainsi devenu un bouc émissaire facile, comme si les lycéens avaient repéré en lui une fragilité qu'ils ne lui pardonnaient pas et lui faisaient payer, sans doute pour mieux masquer leur propre vulnérabilité. Le mutisme a servi de point de départ à une phobie scolaire, et Archibald est actuellement déscolarisé ; coupé de ses pairs, il est dans une relation fusionnelle et terriblement érotisée avec sa mère, dont toute l'attention est focalisée sur ce fils en détresse qu'elle couve comme le lait sur le feu. C'est ce que l'on appelle tirer des bénéfices secondaires de son trouble…

Le garçon m'est envoyé par le psychanalyste qui le suit et qui, depuis six mois, supporte des séances silencieuses, sans parvenir à aucun résultat. Le travail psychothérapique est en quelque sorte englué par le symptôme, ce qui bloque toute possibilité d'évolution. Puisque la psychothérapie échoue, nous décidons de l'hospitaliser, afin de déceler une éventuelle pathologie de type psychotique notamment. Pourtant, lors de la première consultation, je suis rassuré par Archibald. On le sent fragile, déprimé, inquiet, son mutisme est total, malgré tout, l'adolescent réussit par le regard, l'expression, l'attitude à établir un contact, ce qui est toujours un signe favorable. Il opine du chef à la proposition d'hospitalisation, visiblement soulagé qu'on le prenne en charge. Quant à moi, moins furieux que par le passé, je n'essaie pas de le faire parler, je vais même jusqu'à recommander aux soignants de ne pas l'enquiquiner avec trop de questions. J'ai appris à respecter son symptôme !

Et pourtant, deux jours plus tard, Archibald parle. Il n'arrête pas de parler même, « un vrai moulin à paroles », confirment les soignants. À tel point que je plaisante avec lui : « Archibald, n'oublie pas que tu es mutique ! », ce qui le fait éclater de rire.

Il nous reste néanmoins à comprendre ce trouble curieux et spectaculaire. Nous essayons de repérer un événement particulier, le concernant ou étant survenu dans son entourage, qui pourrait avoir servi de facteur déclenchant : un abus sexuel, la maladie d'un proche, un deuil… Mais Archibald nous assure qu'il ne s'est rien passé, en tout cas rien qui puisse être considéré comme un traumatisme assez fort pour expliquer son mutisme. La grande souffrance pour lui a été l'attitude de ses pairs au lycée, la raillerie permanente, dès qu'il entrait dans la salle de cours, dès qu'il répondait aux questions d'un professeur. Parce qu'il faisait écho à un doute sur soi, le rejet dont il a été l'objet lui a été insupportable, engendrant une peur incontrôlable, presque une terreur de lui-même, de ce qu'il pouvait montrer et dire et qui, de toute façon, le mettait en porte-à-faux avec son entourage. Une fois qu'il était muet, personne ne pouvait plus se moquer de ce qu'il disait et de sa façon de le dire ; le mutisme venait ainsi mettre l'angoisse en sourdine.

La « guérison » d'Archibald n'a rien de miraculeux. Cela arrive plus souvent qu'on ne croit. L'hospitalisation apparaît alors comme une opportunité de casser cette trajectoire dans laquelle le sujet s'est enfermé et dont il ne parvient plus à se sortir. En elle-même, elle constitue un soin grâce à la prise en compte de sa souffrance, et à la séparation avec son milieu habituel. Même si sa mère venait le voir tous les jours, l'hospitalisation d'Archibald a permis une prise de distance, créant un espace dans lequel le garçon a pu réinvestir la relation avec d'autres adolescents de son âge, se détachant un peu de sa mère qui a cessé d'être la seule et unique personne avec laquelle il avait un contact.

Archibald est un cas rare, pour ne pas dire exceptionnel, à plus d'un titre. D'abord parce que l'hystérie a longtemps été considérée comme l'apanage du sexe féminin, les hommes se distinguant davantage par des névroses obsessionnelles. Surtout, parce que les grandes conversions hystériques, si fréquentes au temps de Freud, ont pratiquement disparu aujourd'hui, tout au moins dans leurs formes spectaculaires – cécité, paralysie, mutisme…

Rappelons que c'est d'ailleurs à travers son travail avec les hystériques que Freud a découvert l'inconscient et inventé la psychanalyse. Depuis, le terme « hystérique » n'est plus réservé au seul domaine de la psychiatrie et sert, dans le langage commun, à désigner des personnes, hommes et femmes confondus, ayant une tendance à la théâtralité, à la démonstrativité, à l'exagération, et une labilité émotionnelle qui les fait passer du rire aux larmes ou à la colère avec une rapidité déconcertante. De ce point de vue, nul n'est à l'abri d'épisodes hystériques, moments tout à fait transitoires qui ne menacent en rien l'équilibre du sujet.

Il en va différemment avec la névrose hystérique. Le sujet fonctionne sur un mode relationnel basé sur la séduction. Il cherche à séduire en s'identifiant au désir de l'autre ou, plus exactement, à ce qu'il croit être ce désir. L'entreprise est vouée à l'échec car il n'arrive jamais à combler ce désir supposé, ce qui entraîne le doute sur soi et la frustration. Qu'en est-il du propre désir de l'hystérique ? C'est toute la question. Elle-même l'ignore : à force de plasticité, elle ne sait ni ce qu'elle veut ni qui elle est, ce qui entretient son insatisfaction et la renforce dans sa quête impossible. Mais elle ne parvient jamais à créer de liens affectifs, amicaux ou amoureux, ce qui peut entraîner une dépressivité, voire une dépression.

Il n'est pas rare que la névrose hystérique s'accompagne de somatisations (maux de tête, maux de ventre, aphonie...) et, un cran au-dessus, de conversions hystériques : paralysie, mutisme, cécité... comme dans le cas d'Archibald. Dans certains cas plus graves, les symptômes sont encore plus marqués, pouvant aller jusqu'à une inflation imaginaire proche du délire, une mythomanie et des passages à l'acte, dont des tentatives de suicide, qui accompagnent la dépression et sont autant d'appels au secours.

Il n'en reste pas moins que la névrose hystérique peut être tout à fait transitoire : elle apparaît comme une exacerbation du besoin de paraître propre à l'adolescent qui se montre pour mieux se cacher, cherche à se fondre au désir de l'autre, faute de pouvoir affirmer le sien propre. Cette hystérie flamboyante disparaîtra le jour où, parvenant à s'accepter tel qu'il est, il renoncera à plaire et à séduire à tout prix.

L'hystérie : une pathologie contagieuse ?

Il y a six ans environ, je reçois une jeune fille du Var. Elle s'évanouit régulièrement au lycée, mais aucune cause organique n'a pu être mise en évidence pour expliquer ces pertes de connaissance. Quinze jours plus tard, je reçois une seconde jeune fille, élève dans le même lycée, pour le même symptôme. Trois semaines après, c'est une troisième adolescente de l'établissement qui vient me consulter pour les mêmes raisons.

C'est assez pour que je décide de mener l'enquête. Je me rends donc au lycée pour essayer de comprendre l'origine de la mystérieuse épidémie qui y sévit. Je suis accueilli par le médecin et l'infirmière scolaire, qui me font part de leur incompréhension. En leur présence, je réunis un groupe de jeunes filles, celles qui s'évanouissent ainsi que d'autres qui ont été témoins de ce mal étrange, et je leur propose de jouer une scène d'évanouissement, afin que je puisse me représenter un peu mieux les choses. L'une d'elles se porte volontaire : elle se met à respirer très fort, s'essuie le front, fait quelques gestes évoquant un moment de panique, et tombe. Je lui demande ce qui se passe à ce moment-là, quand l'évanouissement est réel. « Tout le monde se met autour, mais la directrice demande que l'on s'écarte, puis elle appelle les pompiers. Ils s'occupent de la fille évanouie… elle a de la chance, ils sont tellement beaux. »

Nul besoin d'être psychiatre pour comprendre qu'il y a dans ces évanouissements une dimension sexuelle évidente : les évanouies évoquent des Blanche-Neige endormies qui peuvent, dans leur sommeil, recevoir le baiser interdit (ou qu'elles s'interdisent) par ailleurs. On est là dans l'illustration de ce que soulignait Freud : les jeunes filles de son époque, corsetées par une éducation rigide, n'en étaient pas moins la proie de désirs sexuels entachés de culpabilité et de honte ; le symptôme hystérique venait témoigner du refoulement de ce désir, du conflit entre les pulsions (le Ça) et les exigences du Surmoi.

Dans le Var, les Blanche-Neige contemporaines étaient devenues des vedettes que chacune enviait… au point de s'évanouir à son tour afin de bénéficier des soins des pompiers, bien sûr, mais aussi par mimétisme, pour faire et être comme, et se sentir exister. Voilà une belle, une véritable hystérie collective, presque une manifestation sociale, en quelque sorte !

L'« affaire du Var » était-elle l'une des dernières démonstrations de somatisations hystériques si bien décrites par Freud, qui semblent avoir disparu peu à peu ? Elles ont perduré quelque temps sous la forme d'une « spasmophilie » un peu mystérieuse dont nombre d'adolescents souffraient : angoisse, vertiges, tremblements… Mais qui parle encore de spasmophilie aujourd'hui ? Le psychiatre a plutôt affaire à des troubles du comportement, de l'estime de soi, de l'image du corps, du comportement alimentaire, à de la dépressivité, à des tentatives de suicide… La pathologie est moins montrée en spectacle, comme dans l'hystérie d'antan, elle est plus intime ; c'est une pathologie du Moi puisque, en ce début de XXIe siècle, pour les adolescents mais aussi pour nombre d'adultes, « c'est moi qui compte, et moi seul ».

Pourtant, l'hystérie collective du Var n'est pas sans évoquer certaines épidémies de scarifications telles qu'on les observe aujourd'hui. En effet, il suffit parfois qu'un adolescent se scarifie pour que, dans sa classe, d'autres le suivent et passent à l'acte. À la Maison de Solenn, le même phénomène s'est produit une fois.

Par la scarification, l'adolescent se coupe, se fait mal pour s'approprier à la fois son corps et sa douleur, se sentir acteur de ce qui lui arrive plutôt que de subir. Dans les cas les plus graves, qui sont de l'ordre du trouble psychotique, il s'entaille véritablement les chairs, montrant sa difficulté à percevoir la réalité de son corps ; en revanche, lorsqu'il s'agit d'un trouble névrotique, il se contente d'éraflures et de coupures superficielles qui viennent apaiser une tension insupportable. Il s'agit bien d'une forme d'hystérie moderne, tout comme certaines anorexies et boulimies parmi les moins graves : elles viennent exprimer ce besoin de mimétisme propre à l'adolescent, qui s'identifie à ses pairs, tente de faire comme eux, à défaut de réussir à être lui-même. Elles correspondent à une théâtralité qui donne, pour un temps, le sentiment d'exister.

L'ÉTAT-LIMITE, UN TROUBLE COMPLEXE

Jeanne a 18 ans. Elle a été une adolescente sans problème jusqu'à ses 16 ans, âge où sa scolarité a commencé à déraper. Elle réussissait jusque-là sans travailler, mais la seconde nécessitait qu'elle s'investisse davantage et consente à faire quelques efforts. Tout s'est passé comme si, doutant soudain de ses facilités et de ses capacités, Jeanne avait renoncé. Elle s'était forgé un tel idéal du moi, brillant, performant, qu'elle ne supportait pas de s'en éloigner. Elle s'est mise alors à ne plus travailler, ses résultats ont chuté, elle a séché les cours d'abord de façon sélective – soit parce qu'elle n'aimait pas la matière, soit parce que le professeur ne lui plaisait pas –, puis de façon plus répétitive. Finalement, son absentéisme a pris le dessus et elle a quitté le lycée.

C'est une belle jeune fille qui pourtant ne s'aime pas. Elle déteste l'image que lui renvoie le miroir et qui correspond si peu à l'image de la femme idéale qu'elle rêverait d'être. Voilà pourquoi elle a déjà eu recours à la chirurgie esthétique. Ses parents, dans un premier temps opposés à toute intervention, ont fini par céder : Jeanne avait promis que, s'ils l'autorisaient, elle reprendrait ses études et mettrait fin à ses comportements à risques. Mais cela fait maintenant trois fois qu'elle s'est fait opérer, toujours pour se faire refaire les seins dont elle n'est jamais satisfaite : trop petits, trop bas, trop gros… et qui sans doute cristallisent toutes ses représentations de la féminité parfaite.

Jeanne prend grand soin de son apparence, se maquille outrageusement, n'apparaît jamais sans rouge à lèvres, et arbore des tenues provocantes qui dénudent autant que faire se peut son nombril mais aussi ses seins, objets de sa fixation. Elle joue de ses longs cheveux bruns et de ses yeux noirs, prend des poses, et tout, dans son attitude de séduction, exprime un seul et même doute : « Suis-je désirable ? » Durant les entretiens, elle parle beaucoup et avec facilité, mais, dans ses propos, il est difficile de faire la part entre le vrai et le faux. Un jour, elle me parle d'une nouvelle belle-mère, gravement malade, mais, la fois suivante, elle a déjà oublié ce qu'elle avait dit et me décrit une femme extraordinairement belle à qui elle voudrait ressembler ; un autre jour, elle annonce qu'elle est enceinte, et pourtant n'évoquera plus jamais cette grossesse purement imaginaire…

Ce qui est bien réel, en revanche, c'est que parfois, le soir, Jeanne s'échappe pour aller traîner dans des quartiers mal famés, provoquer les regards, susciter le désir. Elle sait qu'elle court des risques, elle s'est déjà fait agresser, cependant c'est plus fort qu'elle, elle y retourne. Parfois aussi, Jeanne s'attaque elle-même : elle s'est scarifiée à plusieurs reprises, d'une façon superficielle, qui n'est pas anodine pour autant. Récemment, elle s'en est prise à ses seins qui, une fois de plus, ne lui convenaient pas.

Jeanne a sans cesse besoin de se mettre en danger, comme si le mal, la douleur lui permettaient d'avoir enfin le sentiment de sa propre existence. Elle lutte ainsi contre un anonymat, une banalité qu'elle ne supporte pas : elle se veut extraordinaire et, faute de réussir à l'être comme dans ses rêves, elle s'enferme dans un processus d'autodestruction dont elle n'a pas conscience mais qui réussit au moins à la distinguer et à attirer l'attention sur elle. Ainsi, elle est toujours dans l'extraversion et la provocation, parce qu'elle ne peut pas faire autrement. Son apparence laisse croire qu'elle est sûre d'elle-même, et pourtant il suffit de la regarder traverser, seule, le hall de la Maison de Solenn pour que l'illusion qu'elle tente de créer se dissipe. Elle évoque « la belle indifférence » des hystériques, qui jouent parfois à paraître inaccessibles, insensibles aux regards qu'on leur porte, mais toute son attitude, sa démarche un peu hésitante traduisent sa peur, ses doutes, son immense fragilité et le décalage entre l'image qu'elle projette et l'image qu'elle a d'elle-même.

Apprivoiser son image

L'image de soi se construit dans l'enfance, essentiellement à travers le regard des autres. C'est parce que la mère (et les autres figures d'attachement) aime son enfant qu'elle lui donne le sentiment d'être aimable. Ainsi, la capacité de s'aimer et d'aimer les autres dépend de la façon dont on a été aimé et regardé dans les premiers temps de notre vie, où va se constituer notre capital narcissique.

À l'adolescence, ce narcissisme – une autre appellation de l'image de soi – est mis à rude épreuve. Sur un plan physique, la puberté entraîne une transformation réelle du corps qui oblige à remanier l'image que l'adolescent a de lui-même et celle que les autres lui renvoient. Cela a, bien évidemment, des répercussions sur un plan psychique : Qui suis-je ? Suis-je aimable ? Suis-je capable d'aimer ? Qu'est-ce que les autres peuvent bien penser de moi ? La quête identitaire passe obligatoirement par la quête de l'autre : il y a, pour l'adolescent, comme une impossibilité à avoir seul une bonne image de soi, et il a toujours besoin de passer par le regard de l'autre pour se rassurer sur ce qu'il est et ce qu'il donne à voir. Mais la réassurance a chez lui une durée de vie courte, et il se recharge toujours en confiance en soi auprès des autres.

Le doute sur soi est tel que l'adolescent a le narcissisme à fleur de peau : toute parole, tout regard peut être interprété comme une attaque, une remise en cause, voire une négation de son identité. Quand ses parents s'étonnent de le voir claquer la porte de sa chambre alors qu'ils lui ont juste demandé si son examen de maths s'était bien passé, ce n'est que l'illustration de ce narcissisme défaillant : pour l'adolescent, cette question montre que ses parents ne s'intéressent pas à lui mais seulement à sa scolarité… Son agressivité exprime alors son dépit de ne pas réussir à se faire aimer comme il le souhaite. Elle peut se limiter à des bouderies, des coups de gueule, ou se traduire par des actes plus ouvertement violents, ainsi que par une auto-agression – une scarification, par exemple, une conduite à risques – qui illustre en acte ce qu'il pense de lui-même et qu'on pourrait résumer en ces mots : « Je ne suis rien, je ne vaux rien. »

L'image de soi se compose en fait de deux images : l'image physique, que l'on voit dans le miroir, et l'image psychique, l'idée que l'on se fait de soi-même. Certains, comme Jeanne, vont se focaliser sur la première parce qu'elle sert de représentation à la seconde. Si l'enveloppe est satisfaisante, le reste suivra, pensent-ils, comme pour éviter de prendre conscience de l'ampleur de leur fragilité. Il arrive que des disgrâces physiques réelles deviennent des points de fixation alimentant la défaillance narcissique et que l'adolescent ne parvienne pas à les compenser par d'autres investissements, plus intellectuels ou sociaux. La fixation est telle qu'il ne voit plus alors l'ensemble de ce qu'il est et imagine que les autres ne voient que « ça » – son nez déformé, ses oreilles décollées, qui peuvent d'ailleurs être l'objet de moqueries blessantes.

Se pose dès lors la question du recours à la chirurgie esthétique, possibilité offerte par nos sociétés modernes de « réparer » nos corps et notre apparence.

Autant le dire tout de suite : je ne suis pas partisan de ce genre d'intervention, pour personne, mais encore moins pour les adolescents, sauf s'il y a malformation ou déformation susceptible d'entraîner une véritable souffrance narcissique pour le sujet. Il en va tout autrement pour Jeanne, et il convient de souligner la très discutable légèreté des chirurgiens qui l'ont opérée, contre l'avis de deux psychiatres. La demande de chirurgie esthétique réclame, en effet, une consultation psychiatrique préalable, afin de voir si elle ne s'inscrit pas dans un trouble de la personnalité, avec un souhait délirant de transformation de l'image corporelle. Ainsi, ce garçon qui m'affirmait qu'il n'était pas comme moi parce qu'il avait le nez de travers… Sa dysmorphophobie s'inscrivant dans un trouble psychotique de recréation d'une réalité personnelle, l'intervention n'aurait eu aucune prise sur son symptôme et aurait donné lieu à un autre délire, probablement focalisé sur une autre partie du corps, sans rien changer à sa pathologie.

Jeanne n'est pas dans ce cas, mais sa fragilité narcissique représente une contre-indication à la chirurgie esthétique ; comme son histoire le montre, elle court après une image idéale inatteignable par définition ; chaque intervention n'engendre que déception et l'oblige à en désirer une autre… Ce qu'elle ne comprend pas, c'est que ce n'est pas son corps qu'elle veut transformer, mais sa personnalité, ce qu'aucun coup de bistouri ne réussira à faire.

Trouble de l'image de soi, hystérie : le cas de Jeanne nous pose question. Névrose classique ou état-limite ? Cette pathologie moderne fait débat parmi les psychanalystes. Personnellement, toujours réticent à poser un diagnostic, je m'en méfie un peu pour son côté fourre-tout… L'état-limite est, comme son nom le sous-entend, à la frontière des trois grandes structures décrites par Freud : la névrose, la psychose et la perversion, les symptômes empruntant tantôt à l'un, tantôt à l'autre. Il vient brouiller les repères sur le plan diagnostique et psychopathologique et, de ce fait, est difficile à définir et à traiter. L'adolescent(e) peut avoir tour à tour des comportements hystériques ou obsessionnels, traverser des épisodes proches du délire, consommer de l'alcool ou du haschich de manière addictive. Dans tous les cas, il montre la plus grande intolérance à la frustration et est en lutte contre l'autorité et la loi, tout ce qui, justement, peut poser une limite à son appétit de jouissance sans entraves. Confronté de plus en plus souvent à cette pathologie, le psychiatre peut se demander si elle n'est pas spécifique à l'adolescence, cette période intermédiaire où l'on assiste à une sorte de redistribution des cartes et à des fluctuations inévitables d'humeur et de comportements. Si l'adolescent peut se stabiliser et ne pas basculer dans une reconstruction délirante du monde, il gardera cependant une fragilité, toute contrariété étant susceptible d'entraîner chez lui des réactions un peu extrêmes, mais passagères.

Se mettre en danger pour se sentir exister

Hugo a 17 ans, il est beau, intelligent, très doué en dessin. On pourrait dire, selon la formule consacrée, qu'il a tout pour lui, mais pour Hugo cela ne semble pas signifier grand-chose.

Depuis quelques mois, il consomme du haschich à outrance : entre dix et quinze pétards par jour, ce qui nécessite de grosses sommes d'argent qu'il se procure comme il peut, entre petits boulots légaux et petits larcins moins avouables. Cette consommation quotidienne est peu compatible avec une scolarité qu'il a fini par abandonner, et il tue le temps… au risque de se tuer lui-même. Il est rentré un soir chez sa mère couvert de bleus et avec une fracture à la jambe, à cause d'une mauvaise chute, affirma-t-il, alors qu'il s'était fait tabasser par des dealers peu compréhensifs, désireux de lui montrer qu'ils ne faisaient pas crédit.

En dehors de la fumette, Hugo a un autre plaisir : il aime faire des tags, surtout dans les tunnels du métro où il guette les rames, se collant contre les parois en cas de menace.

Ses parents se sont séparés lorsqu'il avait une dizaine d'années et, depuis, il vit en alternance chez son père et chez sa mère, alternant aussi son opposition frontale avec l'un et l'autre. Depuis peu, il s'échappe de chez eux le soir pour aller dormir dans des jardins publics de la capitale, confronté à la violence de la rue où chacun défend âprement son territoire.

Par ses conduites à risques excessives, Hugo n'en finit pas de se mettre en danger et de flirter avec la mort, complètement largué, en rupture familiale, scolaire et sociale. Nous allons l'hospitaliser, ne serait-ce que pour lui permettre de se poser un peu, lui donner une sorte de contenance quand il ne se contient plus. Là, il tombe amoureux d'une adolescente qui lui ressemble et ne cesse de fuguer elle aussi, mais il ne la suit pas ; il tague les murs de sa chambre – c'est d'ailleurs le seul qui le fera, mais avec talent, il faut le reconnaître ! –, finit par accepter d'aller suivre des cours de dessin dans un lycée voisin.

Hugo est un bel exemple d'adolescent à la fois romantique et romanesque, volontiers porté à l'excès et à la démesure. Comme beaucoup, il a sans doute rêvé, enfant, d'un destin grandiose et glorieux, mais ses rêves n'ont pas résisté à la traversée de l'adolescence qui l'oblige à les réviser… souvent à la baisse.

Car si l'adolescence est douloureuse, c'est bien parce qu'elle représente une perte : perte de l'enfance, de la pensée magique, de l'illusion que tout est possible. Dès son plus jeune âge, l'enfant si précieux, si investi, si narcissisé, entend sans cesse répéter qu'il est le plus beau, le plus intelligent, le plus doué… Être adolescent, c'est se rendre compte qu'on est moins bien que ce qu'on nous a laissé croire et penser que, de ce fait, la vie n'est peut-être pas aussi formidable que ce qu'on avait imaginé ; découvrir, reconnaître et accepter ses propres limites, avec lesquelles il va falloir composer ; affronter la nécessaire obligation de faire des choix, vécus comme des amputations puisqu'ils supposent de renoncer à une partie de soi-même.

Être adolescent, c'est aussi se détacher des parents qui nous ont protégés jusque-là. Alors, malgré les copains, on se retrouve avec un sentiment de solitude parfois insupportable dans une espèce de couloir sombre où tous les repères se brouillent : l'enfance est en train de disparaître, l'avenir n'est qu'une abstraction. On tâche d'avancer, sans trop s'arrêter, sans trop regarder en arrière, sans trop s'abîmer, parce qu'au bout du couloir il y a une petite lueur à laquelle on s'accroche. Mais quand on l'atteint, le paysage ne ressemble pas tout à fait à celui de notre imagination, et la désillusion est parfois cruelle. En tout cas, elle ne se fait jamais sans une remise en cause qui peut être radicale et prendre la forme d'une démolition parce que ni le monde ni nous-mêmes ne sommes à la hauteur de nos espérances.

On peut considérer que se faire mal, se mettre en danger, est un comportement normal à l'adolescence. Comme si, pour devenir propriétaire de soi, il fallait s'abîmer. On pourrait comparer l'adolescence à une voiture de course hyperpuissante, hyperperformante, capable de rouler à 280 kilomètres/heure. Pour garder le moteur intact, on doit la roder et, pour ne pas se mettre en danger, respecter les limitations de vitesse. L'adolescent conducteur ne veut rien entendre de ces recommandations de prudence élémentaire, il fonctionne au turbo, et il veut aller vite ; c'est lui qui décide et il ne peut pas accepter de se restreindre. Ses conduites à risques lui prouvent qu'il est vivant, lui donnent le sentiment de sa propre existence et lui font croire qu'il est tout-puissant, qu'il n'a pas de limites, comme au temps de l'enfance. Mais, dans le même temps, elles sont aussi un moyen de rompre avec le confort, la douceur de cette enfance dont il ne veut plus. Fragilisé par nature, pourrait-on dire, l'adolescent veut pourtant se croire invulnérable. Et plus il est fragile, plus il se persuade et veut montrer qu'il ne l'est pas.

De plus en plus, se faire mal, être malheureux deviennent des moyens de se distinguer. Réchauffement climatique, chômage, baisse du pouvoir d'achat, endettement, guerres… le monde va mal, l'avenir est incertain, mais le bonheur ne s'est jamais aussi bien porté et est en passe de devenir obligatoire pour tous et à tout âge. Il existerait même des recettes permettant de se maintenir dans un état de bonheur permanent. À croire que l'âme et le psychisme seraient des muscles que l'on peut entraîner ; ceux qui ne parviendraient pas à cette euphorie collective seraient donc suspectés de ne pas se plier avec assez de discipline à leurs exercices quotidiens de béatitude appliquée. Dans ce contexte, le doute, la fragilité paraissent incongrus ; on imagine qu'ils peuvent être considérés comme des signes distinctifs, une façon de se singulariser en échappant au devoir de bonheur imposé.

Pourtant, « le bonheur n'existe pas, il n'y a que de la difficulté à exister », disait Maud Mannoni avec raison. Les adolescents le savent mieux que personne, eux qui se heurtent sans cesse à l'incertitude, au questionnement, à la remise en cause de ce qu'ils sont et de ce qu'ils croient. Les adultes devraient s'en souvenir : dans un curieux paradoxe, ils s'étonnent que leurs grands enfants ne soient pas heureux alors qu'ils ne cessent de leur répéter que « c'était mieux avant », réinventant sans cesse un passé souvent plus proche du fantasme que de la réalité. Les adolescents finissent par les croire, pour un peu ils les envieraient, tout en les détestant de leur avoir tout pris pour mieux leur léguer un monde en péril. Malgré tout, et sans redouter la contradiction, les parents continuent de les envier pour leur jeunesse, cette jeunesse qu'ils s'efforcent de conserver à tout prix, et leur reprochent de ne pas en profiter assez. Comme Hugo, les adolescents ont « tout ». Mais les adultes et la société tout entière, voleurs d'adolescence, ne confondent-ils pas confort matériel et plaisir à être, à exister, à désirer ? Contrairement à ce qu'ils croient, les aspirations adolescentes ne se limitent pas à la possession d'un portable ou d'un i-Pod. Elles sont plus vastes, plus exigeantes aussi.

À la Maison de Solenn, Hugo a repris peu à peu confiance en lui. À sa sortie, il a repris des études et, à présent, il a une petite amie « fixe », mène une vie plus calme, même s'il est de temps en temps repris par ses anciens démons. Il dit que son hospitalisation a été « une seconde naissance », et quand je le soupçonne de vouloir nous flatter, il répond : « Non, j'avais perdu le chronomètre, je vivais toujours à la seconde. Je sais maintenant que le temps se construit. » Il en a donc terminé avec cette présentification permanente si caractéristique de l'adolescence, où ni hier ni demain n'existent plus. Être psychiatre pour adolescents, c'est permettre à chacun de retrouver le temps, d'apprendre que le présent, pour être pleinement vécu, a besoin de passé et d'avenir.

6. Dépression et suicide

Les bouleversements de l'adolescence et les remises en cause radicales qu'ils imposent engendrent des oscillations de l'humeur tout à fait banales. Entre enthousiasme et morosité, élan vital et dépressivité, l'adolescent réussit, la plupart du temps, à trouver un semblant d'équilibre. Pourtant, certains événements venant exacerber une fragilité latente peuvent être à l'origine d'une dépression qui fait douter de tout et surtout de soi-même et de ses capacités à affronter une vie qui paraît soudain moins excitante. Le marasme, l'enlisement sont tels qu'ils figent toute perspective d'avenir, et l'adolescent imagine parfois qu'il n'y a pas d'autre solution que la mort, seule susceptible de mettre fin à une souffrance à laquelle il ne voit pas d'issue.

La confrontation à l'échec

29 décembre 1966. Cela peut paraître très loin, mais je me souviens de cette date comme si c'était hier. L'organisation du service laissant à désirer, nous sommes deux externes des hôpitaux, Paul et moi, seuls ce jour-là dans le service de néphrologie. Un patient atteint d'une maladie chronique fait un accident cardiaque et décède. Un peu plus tard, je me rends dans la chambre d'un jeune homme souffrant d'une néphropathie. Comme je m'enquiers de son état, il me dit, l'air de rien : « Demain, c'est ma fête. » Puis il ajoute : « Lorsque je serai mort, vous penserez toujours à la Saint-Roger ? » Il est mort quelque temps après, et pas une année ne se passe sans que, effectivement, je pense à lui le 30 décembre, jour de la Saint-Roger.

En médecine, les premières morts que l'on affronte sont toujours terribles, presque terrifiantes. Elles viennent mettre à mal la fougue de la jeunesse, ce sentiment un peu naïf de toute-puissance que certains peuvent avoir. Pourquoi choisir d'entamer des études de médecine, si ce n'est dans l'espoir un peu fou de soigner et de guérir, donc de combattre la mort et de réussir à faire triompher la vie ? La mort d'un patient non seulement nous confronte aux limites de notre propre compétence et à celles de la science médicale en général, mais elle entraîne aussi un sentiment de culpabilité. Ai-je fait tout ce qui était possible ? Ne suis-je pas en partie responsable ? Ai-je été assez présent, assez proche ? Le patient s'est-il senti vraiment soutenu ou, au contraire, a-t-il eu l'impression qu'on l'abandonnait ? La leçon est toujours rude : contrairement à ce que l'on voulait croire, on ne peut pas tout maîtriser ; il faut pouvoir admettre que la maladie est parfois plus forte que notre science médicale.

Mais ce qui est vrai pour le médecin, cardiologue, cancérologue, gastro-entérologue ou autre, est sensiblement différent pour le psychiatre, car, excepté les cas où une pathologie somatique vient se greffer au trouble psychique, la mort en psychiatrie, c'est toujours le suicide. L'agressivité que cet acte exprime vis-à-vis de l'entourage, familial et amical, n'épargne pas le soignant, à qui il vient signifier son incompétence, ses failles. C'est en tout cas comme cela que je le ressens. Le suicide d'un patient est un échec dont je ne peux guérir.

Service de pédiatrie de l'hôpital Nord, à Marseille. Sylvie, 19 ans, souffre d'une anorexie sévère depuis plusieurs années. Parce qu'elle refuse de manger et de boire, elle est alimentée par sonde. Détail frappant : Sylvie susurre plus qu'elle ne parle et, quand on s'en étonne, elle explique qu'elle compte le nombre de fois où elle respire pour être sûre de ne pas se gonfler d'air, ce qui lui ferait prendre du poids.

Les mois passent et son état ne s'améliore pas, ou à peine. Elle grossit un peu grâce à la sonde, mais la stabilisation ne dure jamais et elle recommence à maigrir, résistant à tout traitement... Face à son trouble, ma volonté de guérir ne fait pas le poids – et ce n'est pas un mauvais jeu de mots. Un psychiatre-psychanalyste très talentueux me propose alors de me relayer et d'assurer le suivi de cette jeune fille, ce que j'accepte, convaincu qu'il fera sans doute mieux que moi, réussira là où j'ai échoué.

Mais Sylvie s'est pendue quelque temps après, quand elle a pris son autonomie, seule dans sa chambre de la cité universitaire. L'histoire s'est déroulée il y a plus de vingt-cinq ans, mais elle m'a assez marqué pour que j'y pense sans cesse. Le fait qu'elle ne soit plus ma patiente à ce moment-là n'a pas suffi à balayer la culpabilité. En la confiant à un autre, n'ai-je pas donné à Sylvie le sentiment que je l'abandonnais ? Ma plus grande erreur n'a-t-elle pas été de me croire plus incompétent que je ne l'étais en réalité ?

En écho à l'histoire de Sylvie, celle de Marie. Elle a 19 ans elle aussi et, depuis plus d'un an, souffre de dépression sévère. Elle a d'abord été hospitalisée dans un service de la ville où elle poursuit son cursus universitaire mais, devant le peu d'évolution de son état, elle nous est envoyée.

Sa maladie a débuté alors qu'elle venait d'entamer de brillantes études de médecine, marchant ainsi sur les traces de son père à qui elle voue une admiration éperdue, restant avec lui dans une relation œdipienne un peu forcée. Ses parents se sont séparés, non sans conflits, quelques années auparavant. Son père vit désormais avec une nouvelle compagne que la jeune fille apprécie beaucoup. Les relations avec sa mère sont plus distantes que réellement tendues, mais sans doute la fille éprouve-t-elle le sentiment d'avoir trahi sa mère deux fois : en choisissant de vivre avec son père et en faisant alliance avec la nouvelle femme de ce dernier.

Marie passe trois semaines à la Maison de Solenn : elle se montre agréable, participe à plusieurs soins culturels, est appréciée de toute l'équipe pour sa gentillesse et sa bonne volonté. Son état paraissant stabilisé, la sortie est envisagée. Comme toujours, elle donne lieu à un entretien de la patiente et de son père avec un psychiatre. Entretien qui confirme l'amélioration de l'état de la jeune fille.

Pourtant, à peine rentrée chez elle, Marie se suicide, par pendaison.

Je ne peux pas m'empêcher de penser que je suis en partie responsable de ce passage à l'acte, même si, pour des raisons personnelles (son père est un ami), je ne l'ai pas vue avant sa sortie. Je me dis que j'aurais dû être là. Non parce que je n'ai pas confiance en mon équipe, mais parce que c'est mon rôle. Aurions-nous pu l'empêcher de se suicider ? Et comment ? en la gardant davantage dans le service ? Quelle fragilité n'avons-nous pas réussi à déceler ? Marie, comme Sylvie, me laisse à penser que j'ai été trop à distance.

Accepter ses limites

Depuis trois ans que la Maison de Solenn a ouvert ses portes, c'est la seule fois qu'un suicide s'est produit. On pourrait penser que c'est peu, compte tenu du fait que 10 à 15 % des adolescents hospitalisés peuvent être, d'une façon ou d'une autre, considérés en danger de mort : conséquences de la dénutrition dans l'anorexie, dépression mélancolique, conduites à risques. Pourtant, un seul suicide, cela me semble encore beaucoup trop. Et le fait qu'il ait eu lieu en dehors de nos murs ne change rien à l'affaire.

Depuis 1986, le nombre de morts par suicide diminue. Mais 600 à 800 jeunes continuent de mourir chaque année, ce qui fait du suicide la seconde cause de mortalité chez les jeunes, juste après les accidents de la route – certains pouvant d'ailleurs être assimilés à des conduites à risques suicidaires. Les tentatives de suicide sont, au contraire, en constante augmentation. Entre 40 000 et 60 000 jeunes sont hospitalisés après un passage à l'acte, sans compter ceux dont la tentative ne donne pas lieu à une hospitalisation, ce qui représenterait plus de 1 adolescent sur 2.

Le suicide représente pour moi l'échec majeur. Il y en a d'autres, hélas. Une anorexie qui n'évolue pas, une dépression qui perdure, une conduite à risques répétée... tout ce qui, s'installant dans la durée, risque d'entraîner une chronicisation du trouble. Celle-ci est rarement dénuée d'effets secondaires : déscolarisation, désocialisation, isolement... qui menacent l'avenir du sujet. Soigner l'adolescent, c'est au contraire rouvrir les perspectives et les possibilités.

L'échec est toujours un échec personnel. Il interroge ma pratique et mon attitude. Suis-je adapté à tel cas ? Suis-je assez compétent ? Me suis-je trompé dans la prise en charge ? dans l'interprétation que je me suis faite du trouble ? Ai-je été assez en empathie avec l'adolescent ? avec sa famille ?...

Quelle est la différence entre le jeune externe que j'étais et le chef de service que je suis devenu ? Elle est fondamentale. Le second, contrairement au premier, sait qu'il peut échouer. La remise en cause que cela suppose n'est jamais confortable, mais elle permet au moins de ne pas mettre son propre échec sur le compte de la psychiatrie en général ou de se défausser de sa responsabilité sur son équipe. Refuser l'échec reviendrait à s'accrocher à un sentiment de toute-puissance – proche de la pathologie !

Ce serait une façon indirecte de rendre le patient coupable de mon échec et seul responsable de sa pathologie, à laquelle il s'accrocherait, barricadé derrière ses défenses et ses résistances.

Celles-ci existent, évidemment, et aident l'adolescent à protéger son économie psychique, mais le psychiatre ne doit pas se borner à les constater. La question se pose de savoir pourquoi lui ne réussit pas à les faire tomber. Il faut alors reconnaître qu'on échoue, et savoir passer la main. Il ne s'agit pas d'abandonner l'adolescent, lui signifiant qu'il serait incurable, irrécupérable, mais, au contraire, de lui offrir une nouvelle chance, d'ouvrir de nouvelles voies, de relancer une dynamique quand les choses semblent s'enkyster. Les prises en charge au long cours créent sans doute une proximité qui rassure mais peut finir par devenir un frein à l'évolution. Reconnaître qu'on échoue, c'est accepter l'idée qu'il n'y a pas de psychiatre rédempteur, de psychiatre tout-terrain qui serait adapté à chaque cas, pourrait soigner tout et tout le monde.

De la tentative isolée au suicide à répétition

Milène est hospitalisée dans le service, après avoir tenté de se suicider en avalant des médicaments. Au bout de quelque temps, le psychiatre qui la suit me demande de la voir car il est inquiet de son évolution. Elle n'est pas en adéquation avec une famille qui, en l'espace de deux générations, s'est hissée au sommet de l'échelle sociale. De ce fait, un mandat intergénérationnel de réussite obligée pèse sur les épaules de Milène, qui le refuse. Elle ne veut pas du destin qu'on a choisi pour elle, elle a des ambitions modestes par rapport à celles que ses parents et grands-parents nourrissent pour elle, et ne sait pas comment le leur faire comprendre. Mais ce ne sont pas les raisons qui l'ont poussée à avaler des médicaments. Si Milène a tenté de se suicider, c'est à la suite d'une rupture amoureuse. Par ce geste, elle voulait se débarrasser à la fois de sa souffrance et du souvenir de ce garçon qui l'avait trahie, disait-elle.

L'entretien que j'ai avec elle me convainc que Milène va bien désormais. Elle ne se sent plus malheureuse, elle regrette son acte, même si elle reconnaît que cela ne lui a pas déplu d'être un peu choyée, entourée. Surtout, elle a vu que son père, plutôt distant, se rapprochait d'elle, et que sa famille en général se préoccupait davantage d'elle, de ses désirs et non plus seulement de ses résultats. Elle a le sentiment d'être un peu mieux reconnue et acceptée pour ce qu'elle est, et rêve déjà d'une nouvelle histoire d'amour.

Cela peut paraître un truisme : un adolescent qui commet un acte suicidaire, « réussi » ou non, ne va jamais bien, même si l'entourage prétend parfois qu'il n'a rien vu venir, qu'il n'y a aucune explication à son acte. Ainsi, certains suicides demeurent mystérieux, incompréhensibles pour les proches, mais ils viennent toujours révéler un mal-être qui n'a pas pu être exprimé. D'ailleurs, le passage à l'acte est souvent précédé de signes divers auxquels il faut prêter attention : troubles du sommeil ou de l'appétit, fatigue, changement de comportement (fugue, consommation excessive de tabac, d'alcool ou de drogue…). Tous ces symptômes peuvent traduire une souffrance qui ne parvient pas à se dire. Reconnaissons qu'il n'est pas toujours aisé de les déchiffrer ; on a tendance à les prendre pour les manifestations tout à fait banales d'une adolescence rarement dénuée de hauts et de bas, de plaintes somatiques diverses.

Nulle tentative de suicide ne doit être prise à la légère. Même si les moyens utilisés paraissent anodins, l'acte ne l'est jamais. Il vient toujours dire le mal-être ou, plus exactement, le désir d'en finir avec ce mal-être, plutôt que d'en finir avec la vie. L'adolescent tente de se suicider pour mettre fin à une souffrance jugée insupportable, plus que pour se tuer lui-même, oubliant parfois que la mort risque d'être au rendez-vous. Tout passage à l'acte réclame donc la plus grande attention, et les parents ne doivent jamais le banaliser : il est toujours nécessaire que l'adolescent puisse voir un psychiatre à ce moment-là. Vu l'ampleur du phénomène, qui peut être considéré comme un problème de santé publique, il n'est pas interdit d'appeler de ses vœux la création de services de suicidologie : au sein des équipes d'urgence, des psychiatres particulièrement compétents dans ce domaine viendraient apporter leur expertise aux médecins, pédiatres, etc., afin de tout mettre en œuvre pour empêcher la récidive.

Les chiffres semblent en effet indiquer que, dans les six mois suivant le premier passage à l'acte, le risque de récidive est multiplié par 2. Dans 60 % des cas, les secondes tentatives seraient mortelles, ce qui représente la moitié du nombre de suicides annuels. Cela signifie, *a contrario*, que 1 première tentative sur 2 est mortelle.

Mais, si l'on s'intéresse aux chiffres, force est de constater que, dans 1 cas sur 2, la tentative de suicide restera heureusement un acte isolé et ne présage en rien d'un trouble psychique. Réactionnelle à un événement particulier, elle sert à dénouer une tension, à apaiser une souffrance trop vive et permet en quelque sorte de remettre les compteurs à zéro avant de repartir. Toutes les tentatives de suicide ne relèvent pas de la psychiatrie. Toutes doivent effectivement donner lieu à une consultation, mais toutes ne nécessitent pas un suivi psychothérapique au long cours.

L'épidémiologie intéresse le psychiatre ; cependant, les chiffres ne doivent pas lui faire oublier que chaque cas est singulier. Ils n'interviennent pas dans la relation qui s'instaure entre lui et son patient. Ils parlent de catégories, de tendances, quand le psychiatre ne s'intéresse qu'à l'histoire personnelle du sujet. Il ne voit pas « une TS », mais un individu qui n'a pas trouvé d'autre moyen pour exprimer son désarroi. À charge pour lui de comprendre cette souffrance et d'aider le sujet à la mentaliser pour ne plus avoir besoin de passer à l'acte, lorsque d'aventure il sera confronté à une nouvelle difficulté qui le fragilise.

Trouver l'apaisement pulsionnel

À l'opposé de ces tentatives isolées, certains adolescents passent à l'acte de façon répétée. À tel point que les spécialistes parlent d'« addiction au suicide ». Terme dérivé de l'anglais *addict*, l'addiction pourrait apparaître comme le nouveau mal du siècle, tant il est vrai que le mot est à la mode et s'applique indistinctement à tout : addiction à la drogue, au travail, au chocolat, aux jeux vidéo et aux jeux de hasard, au sexe… et on en oublie. Mais à tout ranger dans le même panier, on risque d'y perdre son latin. Lequel latin, à la différence de l'anglais, parle de *dépendance*. Ce mot dit mieux de quoi il est question : parce qu'on ne veut pas reconnaître sa dépendance à l'autre – inévitable, même si elle est plus ou moins importante –, qu'on cherche à la nier pour mieux s'affirmer autonome, on a recours à un substitut, un produit dont on devient dépendant : l'accoutumance se crée, puisqu'il faut sans cesse augmenter les doses pour retrouver un état de bien-être. Ce produit, comme l'héroïne notamment, a des effets physiologiques certains, qui sont à l'origine du manque éprouvé quand on en est privé. Le manque est physique alors que, dans d'autres cas, il est seulement psychique. On s'habitue, grâce à un produit, ou même grâce à une conduite, à être dans un certain état, plutôt agréable et détendu, et on y a recours dès qu'on ne sait plus comment évacuer une tension psychique trop importante. Ainsi, le pétard du soir, qui aide l'adolescent à s'endormir (tandis que ses parents préféreront peut-être un petit verre d'alcool), comme un rituel qui vient apaiser les angoisses. Mais on peut aussi considérer que certaines scarifications sont de cet ordre, procédés autocalmants qui permettent de trouver l'apaisement pulsionnel. J'y vois même l'équivalent de microsuicides – on pourrait parler de suicides non réalisés – qui protègent d'un passage à l'acte plus radical.

Le suicide à répétition s'inscrit dans cette même logique, il obéit à une espèce de compulsion : il est comme un appel au secours, le seul moyen de dire combien on va mal et de se faire entendre et reconnaître. Cela ne signifie pas qu'il ne faut pas y prêter attention, bien sûr, même si les tentatives paraissent un peu dérisoires ou théâtrales. Parce qu'il y a toujours un risque à tenter de se suicider : c'est celui de ne pas se rater. Certains adolescents meurent, malgré eux, alors qu'ils ne le voulaient pas vraiment.

J'ai déjà dit mon admiration pour Arthur Tatossian. Il n'avait pas son pareil pour nous amener à réfléchir, prenant toujours le contre-pied de ce que nous disions dans le but d'élargir notre point de vue et notre façon de penser. Il y a pourtant un point sur lequel j'étais en désaccord avec lui, le suicide justement. Un jour où j'avais fait un exposé sur le sujet, plaidant pour un accompagnement de tous les instants susceptible d'éradiquer le risque suicidaire, il a eu ce commentaire sans appel : « Il faut vraiment être mégalomane pour croire qu'on peut empêcher quelqu'un de se suicider s'il en a envie. » Cette affirmation catégorique m'a ébranlé quelques instants. Y avait-il une fatalité du suicide ? Fallait-il alors se résoudre à ne rien faire d'autre qu'attendre le moment où le patient passerait à l'acte ? Aujourd'hui encore, je persiste à penser que, sur ce point, Tatossian avait tort. Tout doit être mis en œuvre pour empêcher un adolescent de se suicider. À cet égard, l'intervention à domicile mérite d'être développée dans les années à venir.

Les différents visages de la dépression

Alexandre a un peu moins de 20 ans. C'est un grand et beau garçon qui vient seul, ce jour-là, à la consultation. Jean noir, tee-shirt noir à l'effigie d'un groupe de Heavy Metal, long manteau noir tombant jusqu'aux chevilles : son look n'est pas sans évoquer celui des gothiques, mais dans une version que l'on pourrait qualifier de soft. Il est en première année d'économie, passionné de musique, de science-fiction et d'*heroic fantasy*.

Alexandre dit que ses parents l'ont encouragé à consulter parce qu'ils le trouvent déprimé. Sa venue laisse penser qu'il n'est pas en désaccord avec eux, mais il minimise les choses. Il lui arrive d'avoir le cafard, comme tout le monde, mais ça ne dure pas. Il a des copains, il travaille, il va à des concerts, à des fêtes, mais parfois, c'est vrai, il se demande où ça le mène et si tout cela a un sens.

Alexandre parle avec aisance, il est vif, sympathique, possède le sens de l'humour et une bonne dose d'autodérision. L'apparence qu'il donne est loin de correspondre à celle du déprimé tel qu'on l'imagine et qu'on le voit trop souvent : replié sur lui-même, un peu atone, triste, inquiet, voire anxieux, avec des difficultés à s'exprimer.

Pourquoi donc Alexandre consulte-t-il, alors ? Il hausse les épaules, affirme qu'il y a dans sa démarche une part de curiosité : il voulait voir de plus près à quoi pouvait bien ressembler une consultation de psychiatrie.

Lorsque je lui demande s'il lui arrive d'avoir des idées vraiment noires, il hoche la tête en signe d'assentiment, rigole, mais garde le silence. Je précise donc un peu ma pensée : a-t-il déjà pensé au suicide ?

Et voilà qu'Alexandre se lance dans un exposé très détaillé sur les différentes façons de se suicider : pendaison, médicaments, défenestration, arme à feu… Pour chacune, il connaît les effets provoqués, la durée probable de l'agonie, les risques de se rater, l'aspect du corps quand on le trouvera. Il évoque tout cela, l'air détaché, d'un ton presque badin. Quand je lui fais remarquer qu'il s'agit là de bien étranges pensées pour un garçon de son âge, il feint de s'étonner. Pour un peu, il invoquerait presque une curiosité scientifique.

On dit souvent qu'il est « normal », pour un adolescent, de penser à la mort. D'abord parce qu'il arrive à un âge où il réalise que ses parents sont mortels et que, par conséquent, lui l'est aussi. Et parce qu'il s'interroge sur lui-même, sur son avenir, sur ses capacités de plaire, d'aimer et d'être aimé, sur la vie en général et donc sur la mort aussi, puisque les deux sont indissociables.

Cependant, il faut distinguer cette idée de la mort, banale, de l'idéation suicidaire, plus préoccupante, qui consiste à se représenter ce que peut être et signifier le suicide, et du scénario suicidaire, franchement alarmant, où l'adolescent pense à son propre suicide, envisage un moyen de passer à l'acte et le met en scène en quelque sorte, imaginant le lieu, les réactions de l'entourage, etc.

Certains prétendent que l'idéation suicidaire relève souvent du questionnement intellectuel, voire philosophique, mais, pour ma part, ça ne me paraît jamais anodin. Derrière le discours, le doute et la fragilité percent : La vie vaut-elle la peine d'être vécue ? Vais-je y arriver ? Ce n'est peut-être pas le signe que l'adolescent envisage la mort, mais qu'il imagine une vie difficile dont il a assez peur pour penser qu'il peut y mettre un terme.

Face à tout discours adolescent sur le suicide, gardons-nous de conclure un peu hâtivement qu'il s'agit d'une posture. En effet, les idées fausses à propos du suicide sont nombreuses. La première consiste à croire que, si l'adolescent en parle, il ne passera pas à l'acte ; la seconde, c'est de penser que si l'adulte lui en parle, il risque de lui donner des idées qu'il n'avait pas. Il est vrai qu'il n'est pas toujours facile pour les parents de poser la question directement, tant le sujet est tabou ; le psychiatre, lui, n'a pas les mêmes réticences. Il sait que le risque suicidaire est d'autant plus important à cet âge où l'expérimentation des limites de son corps et la transgression des interdits entraînent une propension caractéristique aux passages à l'acte. Il sait aussi que, si l'adolescent vient le voir, c'est que, probablement, il ne se sent pas bien. Il sait enfin que, si l'hystérique peut évoquer le suicide avec la volonté manifeste d'inquiéter son entourage, le mélancolique, lui, ne dit rien : pour lui, le suicide n'est plus une possibilité, de l'ordre d'un choix, il représente la seule solution, et il utilisera des moyens radicaux qui lui laisseront peu de chances de se rater.

C'est un exercice d'équilibriste pour le psychiatre que de rendre compte de sa pratique sans tomber dans un discours alarmiste. On sait que c'est à partir du pathologique que Freud a éclairé le fonctionnement « normal » de l'être humain ; mais le psychiatre doit-il tirer des lois générales de ce qu'il voit, entend et soigne ? Il n'est ni épidémiologiste, ni statisticien, ni sociologue. Le psychiatre est le chroniqueur des faits divers du psychisme et de ses conflits entre moi, ça et surmoi, conscient et inconscient. Il ne rencontre pas la société dans son ensemble, mais une petite partie seulement de la société qui va mal et qui souffre. Ce mal-être et ces difficultés sont, bien sûr, en lien avec le contexte social, mais elles ne suffisent pas à le décrire. Si la pathologie éclaire effectivement la normalité, le psychiatre doit cependant prendre garde à ne pas ériger une norme à partir d'elle. Il est amené à rencontrer les adolescents qui ne parviennent pas à traverser seuls cette période délicate, heureusement peu nombreux par rapport à ceux qui vont plutôt bien. De là à dessiner en creux le portrait d'une génération et à faire naître l'inquiétude chez des parents déjà passablement inquiets, il y a plus d'un pas que je voudrais me garder de franchir. Le psychiatre est un démasqueur. Il passe son temps à chercher ce qu'il y a sous le(s) masque(s) qui sert (servent) à l'adolescent d'identité d'emprunt avant de trouver la sienne. Sous le masque du jeune homme souriant, Alexandre dissimule un thème mélancolique majeur, envahissant, et nécessite une prise en charge. Il est en pleine dépression, mais parce qu'il n'en a pas les symptômes classiques il n'en a pas conscience. À moins qu'il ne soit dans le déni de son état.

Entre effondrement et hostilité

Claire a subi une agression sexuelle avec viol l'été de ses 14 ans. Elle a mis six mois avant de pouvoir parler de ce traumatisme, à l'infirmière scolaire et non à ses parents. Le lycée s'est ainsi emparé de l'affaire, a alerté le juge, les parents se sentant de ce fait dépossédés de leur responsabilité vis-à-vis de leur fille.

Depuis cet événement, leurs relations sont très tendues, dit Claire. Elle vit avec son père et se plaint de son agressivité, des mots insultants qu'il prononce devant elle à propos de sa mère, de ses nombreuses aventures amoureuses, même s'il n'a pas attendu d'être séparé pour « aller voir ailleurs ». Elle sait qu'il a eu une enfance malheureuse – père absent, mère lointaine dont tout l'amour et l'attention semblaient exclusivement réservés à sa jeune sœur –, il l'a souvent évoquée devant elle qui se montrait plutôt compatissante. Mais, désormais, elle lui reproche de vouloir faire payer ses jeunes années à tout le monde, à commencer par sa famille, qu'il s'acharne à rendre malheureuse.

Claire est à peine plus clémente avec sa mère, coupable à ses yeux de passivité et de résignation, et qui n'a pas réussi à rendre son père assez heureux. Elle se plaint aussi de l'endroit où elle vit, où, dit-elle, « soit les jeunes ne font rien, soit ils font des conneries ». C'est d'ailleurs pour cela qu'elle a fugué plusieurs fois, refusant de dire à son retour ce qu'elle avait fait. Parfois, le soir, elle s'échappe pour aller en boîte avec des copines, s'absente du collège à l'occasion quand les profs lui prennent la tête… Elle veut être « cadrée », souhaite aller en internat, ses parents se demandant si c'est une bonne solution pour elle de se retrouver seule, loin de son environnement habituel.

Claire se montre par ailleurs hostile à toute prise en charge, elle a déjà eu un mauvais contact avec une psychologue et, lors du dernier rendez-vous, a préféré sécher « pour aller faire la fête ». Elle semble assez circonspecte vis-à-vis du psychiatre que je suis, estimant que, de toute façon, je ne comprendrai rien puisque personne ne la comprend.

En fait, depuis l'agression sexuelle dont elle a été victime, Claire ne parvient pas à dépasser ce traumatisme et reste dans une position dépressive particulière. Alors que certains vivent un véritable effondrement, elle est dans une dépression hostile, agressive. Elle en veut à la terre entière, surtout à ses parents, comme si elle leur reprochait inconsciemment de n'avoir pas été là, de ne pas l'avoir protégée quand elle en avait besoin.

La dépression peut prendre bien des formes et varier d'intensité, mais on pourrait dire que, d'une certaine façon, elle est quasi inhérente à cet âge de la vie. En effet, le mal-être adolescent n'est pas une invention de psychiatre. Qui suis-je ? Puis-je plaire ? Quels choix dois-je faire ? Vais-je réussir ? Au gré des jours et des humeurs, ces questionnements incessants peuvent engendrer des moments de tristesse et de rumination. On parle de dépressivité quand ces moments perdurent un peu. Ils surviennent sans prévenir, sans lien avec un événement particulier, mais l'élan vital semble en suspens, les envies ne font plus envie, l'idée d'arrêter telle activité se fait sentir, la projection dans l'avenir se fige… L'adolescent évoque alors cet « aquoiboniste » chanté par Gainsbourg. Néanmoins, il s'agit le plus souvent d'une période transitoire, de déprime plus que de dépression, et, d'une consultation à l'autre, on peut être frappé par la labilité de l'humeur : celui qui nous avait paru déprimé arrive la fois suivante avec un large sourire, paraît même avoir oublié sa récente morosité. Tout cela, en somme, est banal, fait partie de la vie et, même après l'adolescence, chacun connaît « des jours avec » et des « jours sans ».

La dépression, c'est autre chose. Dans certains cas, elle est réactionnelle, émerge à la faveur d'un échec scolaire, d'une rupture amoureuse ou, comme dans le cas de Claire, d'une agression sexuelle. Autant d'événements qui renforcent la vulnérabilité d'un sujet déjà fragilisé par l'adolescence, occasionnent une remise en cause et des sentiments où la culpabilité, la honte, l'incompréhension se mêlent. Le deuil, consécutif à la perte d'un être cher, n'est pas une dépression, mais peut l'évoquer, car les symptômes se ressemblent : tristesse de l'humeur, désinvestissement des centres d'intérêt, repli sur soi, absence de projection, perte de l'énergie vitale, idées grises ou noires, difficulté à trouver un sens à son existence… S'y ajoutent parfois des symptômes somatiques : perte de l'appétit, troubles du sommeil, fatigue… Ainsi l'inversion du rythme jour/nuit est-elle un signe majeur de dépression chez l'adolescent.

Si tous ces symptômes perdurent dans le temps, la dépression doit être considérée comme une maladie et nécessite une prise en charge psychothérapique, à laquelle certains ajouteront des antidépresseurs, afin d'atténuer la douleur psychique et l'angoisse. Si les médicaments n'empêchent pas le travail de mentalisation nécessaire pour comprendre ce qui se joue à l'intérieur de soi, c'est un non-sens de limiter le traitement de la dépression à leur seule prescription. Ils viendront sans aucun doute à bout des symptômes, mais l'adolescent pourra garder, enkystée au fond de lui, une fragilité particulière qui se réactivera à la moindre onde de choc.

Il faut insister ici sur le fait que les dépressions, de plus en plus nombreuses, peuvent être considérées comme une maladie moderne. Dans une société qui prône l'action et presse chacun d'entre nous d'être un battant, acteur de sa vie, capable de tout maîtriser, à commencer par ses émotions, la dépression devient alors une sorte de refuge ou, à tout le moins, un moyen de s'opposer à cette pression permanente qui voudrait faire abstraction des besoins fondamentaux de la nature humaine.

À côté de ces dépressions exogènes, on observe des dépressions endogènes, autrefois désignées sous le terme de mélancolie : elles sont dues à une prédisposition personnelle du sujet, ne sont pas consécutives à un événement déclenchant, mais surviennent *via* des mécanismes intrapsychiques qui ne sont pas toujours faciles à repérer. Il en va de la dépression comme d'autres troubles psychiques : aucun gène n'a été isolé, mais on remarque qu'il existe dans certaines familles un terrain favorable. L'adolescence est alors l'occasion d'un premier épisode dépressif qui risque de se reproduire à l'avenir, à intervalles plus ou moins longs cependant. Les symptômes sont les mêmes que ceux évoqués plus haut mais en plus accentués, et, s'ils ne sont pas pris en charge, peuvent perdurer durant de longs mois.

À propos des troubles bipolaires

Ce souvenir remonte à l'époque où j'étais interne. Un soir de garde, les pompiers amènent une femme très agitée, qui se débat, tente de mordre et de griffer. Ils ont été avertis par des voisins, alertés par le vacarme qu'ils ont déjà entendu plusieurs fois et qui vient signaler que cette femme est en crise. Elle invective violemment les pompiers, leur reprochant de la retenir sans raison, les engueule sous prétexte qu'ils auraient à son endroit des attitudes obscènes, menace de porter plainte : ils feraient mieux de se méfier, elle a des appuis haut placés, sa vengeance sera terrible.

Comme je m'approche, elle tente de se jeter sur moi pour me gifler. Je reste donc à une distance raisonnable, mais l'entretien tourne court : impossible de lui poser la moindre question, la femme enchaîne les jeux de mots, son débit est rapide, tout comme sa pensée qui passe du coq à l'âne, dans un jeu d'associations dont elle-même a bien du mal à suivre le cours, tant son discours paraît incohérent. Régulièrement, elle fait mine de s'échapper et est aussitôt maîtrisée par des infirmiers. Je ne vois pas d'autre solution que de la placer à l'isolement pour la nuit, car elle risque de s'en prendre à ceux qui s'approchent d'elle, et aussi à elle-même.

Le lendemain matin, à son arrivée dans le service, Arthur Tatossian nous réunit pour faire le point sur ce qui s'est passé durant la nuit. Il me reproche cet internement en cellule qui, selon lui, montre mon incapacité à calmer la patiente en proie à une agitation maniaque. Ensemble, nous allons lui rendre visite. Elle paraît furieuse de me voir, exige que je sorte et, dans le même temps, fait à Tatossian une démonstration de douceur et de charme. À tel point qu'il s'excuse à ma place, promet de laisser la porte de la cellule ouverte, et me regarde l'air de dire qu'il avait raison, qu'il est toujours possible de négocier avec un malade et de le calmer. Comme il s'apprête à sortir, la femme le rappelle, lui demande d'approcher pour qu'elle puisse lui parler sans que je l'entende. Dès qu'il est assez proche, elle lui plante ses ongles dans l'oreille et le griffe jusqu'au sang en hurlant : « Enrico Macias, Enrico Macias !… »

Cette femme, en pleine phase d'excitation maniaque, est atteinte d'une pychose maniaco-dépressive, aujourd'hui désignée sous le terme de troubles bipolaires. Comme leur nom l'indique, ils se caractérisent par une alternance d'épisodes dépressifs mélancoliques, tels qu'on vient de les décrire, et d'épisodes maniaques. Le sujet se trouve alors dans un état de grande excitation que rien ne semble pouvoir calmer. Comme cette femme, il parle beaucoup, fait des jeux de mots, des contrepèteries – les uns et les autres souvent à connotation sexuelle –, dort peu, fume beaucoup, a du mal à tenir en place, est en proie à des idées mégalomaniaques, voire à des délires de grandeur. Les épisodes se succèdent à intervalles plus ou moins longs et, pour les stabiliser, il faut avoir recours à un traitement à base de thymorégulateurs (régulateurs de l'humeur).

Je vois peu de troubles bipolaires à la Maison de Solenn. Il nous manque, il est vrai, des cellules d'isolement, nécessaires pour certains malades « en crise » qui risquent de faire mal aux autres ou à eux-mêmes. Ils sont donc orientés vers d'autres structures. Je rencontre plutôt des adolescents dépressifs, ou dits « hypomaniaques », alternant dépressivité et excitation, mais d'intensité moindre. Plus souvent, l'adolescent se crée des états maniaques en absorbant certaines substances comme l'ecstasy, le LSD et même le cannabis, et la « descente » engendre souvent un état un peu mélancolique.

Mon expérience me donne à penser que, à l'adolescence, la dépression est plus souvent exogène. Et j'ai tendance à me méfier du terme « bipolaire » employé à tort et à travers. En forçant le trait, on pourrait dire que chacun d'entre nous l'est à sa manière et à des degrés divers. C'est ce que l'on appelle la cyclothymie, qui paraît bien être l'une des caractéristiques de l'adolescence.

DU BON USAGE DES MÉDICAMENTS

Arthur Tatossian faisait partie de ces médecins humanistes qui m'ont servi d'exemple et ont laissé en moi une empreinte indélébile. Il se distinguait par sa fantastique proximité avec les patients, son empathie. J'ai toujours en tête ces scènes où, enveloppant et protecteur, il prenait les mélancoliques dans ses bras et leur demandait doucement : « Comment sont les idées aujourd'hui ? Noires noires ou plutôt grises ? »

Alors que j'étais interne débutant dans son service, il me demande un jour d'aller voir un patient. Le jeune homme m'accueille sans dissimuler son agressivité. Est-ce à cause de mon âge ? à cause de l'étiquette sur ma blouse qui souligne ma qualité d'interne ? Il ne veut pas me parler, avoir affaire à un subalterne, il veut voir un médecin, un vrai, et même, mieux encore, un professeur. Je résiste un moment, me défends en lui expliquant que le médecin qu'il réclame m'a lui-même envoyé auprès de lui, mais il campe sur son refus d'entamer toute discussion. De guerre lasse, je finis par aller chercher Tatossian qui accepte aussitôt de me suivre. Lorsque nous arrivons dans la chambre, le jeune homme me regarde de façon hostile tandis que je lui présente le professeur tant attendu. Puis il tourne les yeux, observe Tatossian et râle : « J'ai demandé un professeur, pas un singe !

– Certes, je suis arménien, brun et poilu, mais je ne suis pas un singe », sourit Tatossian, qui s'en retourne en ajoutant qu'il a été content de le voir, qu'il repassera un peu plus tard.

Dans le couloir, je fulmine. Ce mal élevé a dépassé les bornes, fait preuve d'irrespect, je vais lui donner une leçon de savoir-vivre. Tatossian me regarde avec indulgence : « Rufo, n'oublie pas que c'est un malade. » Il me ramène à une réalité que j'ai parfois tendance à oublier : à force de considérer que le patient n'est pas seulement un malade, il m'arrive de perdre de vue qu'il est aussi malade… Et de vouloir le traiter comme n'importe quel gamin ayant besoin d'une bonne correction. Je me sens attaqué par son agressivité, signe que je maîtrise encore bien mal le contre-transfert !

À la Maison de Solenn, je vais voir les adolescents hospitalisés le plus souvent possible. Il y a visite « officielle » le mercredi matin, mais le reste du temps, je passe, je picore, j'observe, je prends des nouvelles des uns et des autres, de façon informelle. Il arrive que l'un des soignants me demande expressément de passer dans le service pour avoir mon avis, mais je n'ai pas besoin de cette invite pour me prêter au jeu. Non pas que je pense que les patients aient besoin de moi, mais j'aime suivre leur parcours, constater leurs progrès ou, au contraire, leurs passages difficiles, savoir où ils en sont, si leur évolution suit la courbe favorable que je ne peux jamais m'empêcher d'imaginer pour eux.

Ce soir-là, je monte voir Céline, hospitalisée pour troubles du comportement alimentaire : elle est boulimique et se fait vomir. C'est une jeune fille très sympathique, intelligente, fine, très intéressée par la psychiatrie, et on a envie de créer des liens avec elle. Mais elle est très intensément boulimique dans le contact aussi et ne semble jamais rassasiée. Extravertie, elle capte l'attention avec brio, elle demande beaucoup, trop, plus que ce qu'on peut lui donner. Prise dans une quête impossible d'une relation à l'autre ininterrompue, elle se sent frustrée et insatisfaite, flirte avec la dépression et le risque suicidaire qui l'accompagne. Elle échoue, alors qu'elle a toutes les qualités pour réussir, et ne comprend pas. Céline ne réalise pas qu'elle est trop avide de tout. Je connais son besoin de contact et je me reproche de ne pas la voir assez alors qu'elle ne va pas bien.

Ce soir-là, elle est visiblement de mauvaise humeur et m'attaque bille en tête : « C'est seulement maintenant que quelqu'un vient me voir ? Ça fait des heures que j'attends… » Elle se plaint de cet hôpital nul, de ces soignants nuls aussi, du fait que personne ne s'intéresse à elle. Il est plus de 20 heures, la journée a été longue et je ressens une certaine fatigue. Je proteste un peu pour la forme, mais Céline, décidément tonique, n'en finit pas d'exprimer son mécontentement. Inutile de dire que j'en prends pour mon grade, mais je la laisse vider son sac sans l'interrompre. Tandis qu'elle se plaint, je repense à une jeune fille que j'ai vue la veille, hyperagressive, à la limite de l'odieux, à qui j'ai dit qu'elle avait vraiment un caractère de cochon ; elle avait de la chance que je sois psychiatre, sinon, je lui aurais bien fichu une paire de claques... Ça l'avait fait rire, et même, ça l'avait calmée ; elle n'avait pas claqué la porte en sortant comme elle l'avait fait à son arrivée...

Pourtant, je ne dis rien à Céline qui, au bout d'un moment, semble s'épuiser toute seule. Elle est plus calme, je suis rassuré. Alors que je me lève pour partir, elle bougonne : « De toute façon, je m'en fous, j'ai tout dans mon ours... » Comme beaucoup, elle a apporté parmi ses affaires un souvenir du temps de l'enfance qui a sans doute des vertus apaisantes, dessinant un lien même ténu entre hier et aujourd'hui.

Je me contente de lui demander de me donner son ours, tandis que l'image de Tatossian me revient en mémoire. « N'oublie que c'est un malade. » Grâce à lui, ce soir, je n'ai pas oublié que Céline était malade. Je sais que son agressivité sert à masquer son désarroi, à prendre de la distance par rapport à lui. Mieux valait qu'elle m'attaque, plutôt que de s'attaquer elle-même.

Le lendemain, j'ai demandé au pédiatre de s'occuper de cet ours. À l'intérieur, il a trouvé un cutter et plusieurs comprimés de neuroleptiques, indices d'une possible tentative de suicide. Céline serait-elle passée à l'acte la veille si je ne lui avais pas retiré son gentil nounours ?

Ce qui soigne peut tuer

C'est majoritairement en avalant des médicaments que les jeunes filles tentent de se suicider. Antidépresseurs, anxiolytiques, neuroleptiques… tous sont susceptibles, à certaines doses, d'entraîner la mort. Voilà qui devrait nous faire réfléchir avant de les prescrire.

Autant le dire, je ne suis pas chimiatre ; je prescris peu, laissant à d'autres, plus compétents que moi, le soin de le faire. Je reconnais volontiers que la pharmacologie a fait des progrès considérables, permettant une autre approche des troubles psychiques et, pour les patients, de meilleures chances d'intégration. Dans certains cas, les médicaments sont indispensables : schizophrénie, trouble de la personnalité ou troubles bipolaire, mélancolie… On s'est même aperçu que certains neuroleptiques dits de deuxième génération ont des effets positifs sur des formes d'anorexie « pure » (sans alternance avec des épisodes boulimiques), où l'on sent une résistance sur laquelle on se casse le nez. Les adolescentes sont tellement épuisées psychiquement, tellement engluées dans leur maladie que l'effet désanxiogène du neuroleptique les apaise, alors qu'elles ne sont pas psychotiques.

À San Servolo, sur l'archipel vénitien, c'est à côté de l'église et du couvent construits au VIIe siècle par les moines bénédictins que fut installé, au début du XVIIIe siècle, un hôpital. D'abord réservé aux malades mentaux de la noblesse vénitienne, il devint quelques années plus tard un hôpital psychiatrique à part entière et fonctionna jusqu'à la fin des années 1980. Si le bâtiment abrite désormais une institution à vocation internationale, y demeurent néanmoins certains vestiges du passé, comme ces objets destinés à maîtriser les humains, à l'asile mais aussi au bagne : des fers, des chaînes et des camisoles, notamment.

En les voyant, on se dit que le terme de camisole chimique utilisée à propos des médicaments a quelque chose de naïf, si ce n'est de scandaleux. La camisole, c'était la barbarie, une façon de traiter les hommes comme des animaux, en les attachant, les ligotant ; on les privait de leurs mouvements pour mieux les abandonner à leur souffrance psychique. Avec les médicaments au contraire, on redonne la liberté de mouvements en allégeant la souffrance.

Malgré tout, la chimie n'a pas que des avantages. Elle entraîne des effets secondaires : somnolence, prise de poids, sécheresse de la bouche, souvent lourds à supporter. Et si elle parvient à atténuer le symptôme, parfois de façon spectaculaire, elle ne peut jamais le faire disparaître définitivement. La chimie ne se suffit pas à elle-même, elle doit toujours être accompagnée d'un travail psychothérapique.

Si les neuroleptiques s'avèrent indispensables, ce n'est pas toujours le cas des antidépresseurs et des anxiolytiques, dont la prescription mérite réflexion. On le sait, l'effet désinhibiteur des antidépresseurs peut favoriser des passages à l'acte suicidaire, particulièrement chez ceux qui ont tendance à l'impulsivité, les boulimiques par exemple. Il y a d'ailleurs eu tellement de problèmes que des directives ministérielles déconseillent aujourd'hui leur prescription pour les moins de 18 ans. Au-delà de cet âge, elle nécessite un suivi attentif et régulier, surtout durant les premières semaines du traitement, l'antidépresseur étant susceptible de provoquer des flambées d'angoisse.

Dans tous les cas, je suis contre le fait que ce soient les généralistes qui, dans une grande majorité, les prescrivent, car l'antidépresseur, pas plus que l'anxiolytique, ne doit être une réponse immédiate au moindre malaise. Il faut d'ailleurs s'interroger sur le phénomène de mode qui touche désormais les médicaments. Qui sont réellement les prescripteurs ? Les médecins ou les délégués médicaux ? Un dîner dans un restaurant étoilé, un voyage au bout du monde, une croisière sur des mers turquoise… suffisent à persuader de l'efficacité de tel ou tel médicament. Peut-on l'admettre ? Je reconnais volontiers que ma méfiance vis-à-vis de la pharmacopée provient sans doute en grande partie de ma méconnaissance en la matière. Je serai donc prêt à suivre une formation continue, mais me laisser former par des délégués, sûrement pas.

À mes yeux, dans bien des cas, le médicament n'est pas nécessaire. Ce n'est pas que je crois à la vertu du malaise, mais on a tout à gagner à essayer de comprendre ce qu'il vient nous révéler de nous-même plutôt que de le colmater à coups de comprimés, les blessures menaçant de se rouvrir au moindre événement désagréable.

Derrière le recours quasi systématique aux anti-dépresseurs et aux anxiolytiques, il y a à l'œuvre une idéologie du « tout va toujours très bien », qui crée plus de mal-être qu'elle n'en soulage. On ne supporte plus la moindre perturbation, la moindre difficulté, comme si la vie n'était faite que d'élans, de désirs, de projets, de triomphes, sans jamais de doutes, d'arrêts, d'inquiétudes. La vie est heureusement composée de moments qui ne se ressemblent pas et qui font sa richesse ; il y en a des gais et des tristes. La tristesse est inhérente à la condition humaine, chercher à la gommer à tout prix, c'est se priver d'une part de soi. On apprend aussi bien de l'échec que de la réussite. Ce n'est pas exalter une vision doloriste de l'existence, mais reconnaître que, parfois, ce qui est « anormal », ce n'est pas la tristesse, mais l'absence de tristesse. Il faut savoir laisser aller la peine… Ainsi, quand je reçois un adolescent dont un parent vient de se suicider, je n'ai pas à intervenir ni à prescrire. Le deuil est un temps nécessaire qui permet aussi de grandir.

En prescrivant trop vite, on laisse penser à l'adolescent qu'il n'a pas en lui les forces nécessaires pour rebondir. On prend ainsi le risque de créer une dépendance psychologique à un produit : dès qu'on le lui retirera, il aura l'impression de se sentir moins bien. Cela peut-il favoriser le développement d'une addiction ultérieure ? On devrait y réfléchir, d'autant plus que nombre d'études démontrent que les enfants à qui on a administré, très jeunes, des sédatifs sont plus que d'autres sujets à la toxicomanie. Le recours systématique à un « objet » extérieur qui apaise l'angoisse et les tensions les a, en quelque sorte, empêchés de trouver la réassurance interne dont chacun a besoin. Le psychiatre et le thérapeute sont des « produits » moins nocifs et n'entraînent pas de dépendance.

7. Quand la maladie s'en mêle

La maladie est toujours injuste, mais sans doute l'est-elle encore plus à un âge où l'on veut croire que tout est possible et que l'on peut tout. Elle vient alors limiter le champ des possibles et impose des contraintes, vécues comme des entraves à une liberté nouvelle dont on veut jouir pleinement, à chaque seconde. Parce qu'elle montre au sujet qu'il n'est pas pleinement maître de son existence, elle fait naître la révolte. Entre refus de se soumettre aux traitements nécessaires et déni de la maladie, l'adolescent est porté à des comportements excessifs, oscillant entre hétéro et auto-agressivité, qui sont autant de conduites à risques.

Devenir propriétaire de sa maladie

La scolarité de Fabrice, 14 ans, est catastrophique. Il plafonne à 5 de moyenne, malgré la bonne volonté et la patience de ses parents qui font tout pour l'aider, notamment son père, lui-même enseignant. La façon dont il se présente à moi, sa manière de parler, son manque de concentration, son agitation permanente me laissent penser que ce garçon n'a pas les capacités suffisantes pour poursuivre un cursus normal. Resté seul avec ses parents, je leur dis aussitôt que j'envisage de lui faire passer quelques tests d'évaluation, mais ils m'affirment, eux, que leur fils est tout à fait apte à réussir. Ce que je découvre alors et qu'ils avaient tu jusque-là, c'est que Fabrice est hémophile depuis la naissance. Ses parents savaient qu'il y avait un risque de transmission génétique de cette maladie, mais ils ont pris la décision respectable de tenter le destin. Si le père avait déjà deux enfants d'une précédente union, la mère, elle, n'en avait pas encore ; tous deux, se sentant en partie coupables, investissent beaucoup dans ce garçon qu'ils ont tendance à surprotéger.

Fabrice a été un enfant plutôt facile, mais avec l'adolescence, il « explose » littéralement et devient insupportable, tout étant prétexte à des crises. Il hurle, tape du pied dans une armoire jusqu'à la renverser quand son père, par prudence élémentaire, lui interdit d'aller faire du skate avec ses copains, déverse le contenu des poubelles au milieu du salon, éparpille ses vêtements dans l'appartement, provoque autant qu'il peut pour se battre dès que possible avec des garçons de son âge, fait exploser des pétards chez la voisine, n'en finit plus de saborder sa scolarité… Bref, Fabrice est devenu un agitateur professionnel et ses parents sont au bord de l'épuisement. À tel point que la mère a décrété qu'elle irait désormais passer les week-ends ailleurs, pour ne plus avoir à subir ses désordres.

Malgré la maladie, l'enfance s'est déroulée sans heurts. Ce n'est pas étonnant : en général, il n'y a pas de patient qui porte aussi bien son nom qu'un enfant. Il se plie aux traitements avec docilité, fait preuve d'une curiosité épistémologique vis-à-vis de sa maladie, qui entraîne chez lui une maturité précoce et beaucoup de sagesse. Il est protégé par ses parents, certes un peu plus que les autres enfants, mais c'est encore dans l'ordre normal des choses et il a confiance en eux, en leur capacité à le rassurer. Peut-être garde-t-il, au fond de lui, la croyance qu'il guérira à l'adolescence ? Bien au contraire, l'adolescence vient lui faire prendre davantage conscience de sa maladie : elle lui impose des limites qu'il refuse parce qu'il veut être propriétaire de son corps, de sa vie, libre de décider comment il veut vivre. Il tente de se détacher de ses parents, et sa maladie lui offre une raison toute trouvée de les attaquer : Fabrice leur reproche dans un même temps de lui avoir transmis cette hémophilie – ils sont donc coupables à ses yeux et plus ou moins directement responsables de son comportement – et de ne pas le laisser vivre la vie d'un adolescent de son âge. Il veut être comme les autres, pour se sentir « normal », et s'il souhaite se différencier de ses pairs, c'est par des moyens qu'il choisit et non pas uniquement par sa maladie, signe distinctif qu'il rejette. Par ses excès et ses imprudences, il ne fait pourtant que renforcer l'inquiétude de ses parents, mais se plaint de leur tendance à la surprotection et les relations semblent figées dans un cercle vicieux infini.

L'internat semblerait une solution souhaitable, mais Fabrice la refuse fermement, menaçant de mettre l'établissement à feu et à sang si on l'y envoie contre son gré. Comment ne pas le croire, quand rien ne semble pouvoir l'arrêter dans ses conduites qui évoquent des troubles du comportement ? Pourtant, seule une prise de distance permettrait de dénouer la situation. Les grands-parents, malades, ne peuvent pas prendre le relais des parents, mais une fille aînée du père se propose d'accueillir Fabrice pendant les week-ends. Elle est mariée, a trois enfants, entre eux les relations sont bonnes et, avec elle, Fabrice ne s'autorise pas les mêmes excès que chez lui. Sans doute pressent-il à juste titre que cette demi-sœur n'aura pas à son égard la même tolérance.

Face à ses parents, Fabrice reste victime de sa maladie, dans une opposition agressive, sans doute préférable à la résignation et au repli sur soi, mais dont il ne perçoit pas qu'elle le met en danger. Il doit au contraire en devenir propriétaire, pour comprendre que ce que son hémophilie lui interdit sur le plan physique ne l'empêche pas d'explorer d'autres domaines, intellectuel et social notamment. C'est un long chemin et un travail difficile, qui nécessite un suivi psychothérapique, mais la révolte s'épuisera-t-elle jamais tout à fait ?

DÉTRUIRE LA MALADIE

Géraldine a 19 ans. Elle a commencé un diabète insulinodépendant à l'âge de 12 ans et vit depuis avec cette maladie qui l'oblige à une surveillance particulière. Elle connaît parfaitement toutes les complications que ce diabète peut entraîner si elle ne se plie pas aux traitements : perte de la vue, complications rénales et vasculaires, usure prématurée du cœur, vieillissement précoce… Elle en veut à la science médicale qui ne fait rien pour les diabétiques, à ces chirurgiens qui ne sont même pas capables de procéder à une greffe du pancréas. C'est une jeune fille en colère, qui ne supporte pas la chronicité de sa maladie dont elle sait qu'elle ne guérira jamais. Parfois, elle craque. Elle s'injecte alors des doses d'insuline nettement supérieures à celles dont elle a besoin, ce qui peut la tuer. Heureusement, sa mère la surveille, sait lui administrer le médicament qu'il faut en cas de besoin. Mais lorsqu'elle arrive trop tard et que sa fille fait un malaise, elle la conduit aux urgences où on la perfuse. Cela s'est déjà produit plusieurs fois. Comment empêcher que cela se reproduise encore ?

Géraldine dit que cette vie-là ne l'intéresse pas, puisque c'est la maladie qui la conduit et qu'elle est condamnée à la subir. Et elle se fabrique des petites morts pour lutter contre cette mort à petit feu qu'on lui annonce.

Antonia, 17 ans, a elle aussi un diabète insulino-dépendant. L'entrée dans la maladie s'est faite de manière cataclysmique quand elle avait 8 ans : ablation de la rate, purpura... Autant de complications terrifiantes qui font qu'Antonia a développé une espèce d'hypochondrie et redoute toujours qu'un nouveau cataclysme ne vienne s'abattre sur elle. De manière irraisonnée, le moindre rhume lui apparaît comme une menace mortelle.

Elle est, depuis plus de deux ans, en proie à une dépression sévère et a déjà tenté de se suicider elle aussi en s'injectant des doses massives d'insuline. Elle a été hospitalisée une première fois dans la ville de province où elle habite, hospitalisation à l'issue de laquelle elle a souhaité reprendre sa scolarité interrompue. Mais elle se sentait encore trop fragile pour revivre chez elle : elle craignait, se retrouvant seule, de ne pas faire face aux moments de désarroi qui continuaient de l'assaillir parfois ; c'est pourquoi on lui a prescrit une hospitalisation de nuit, afin de la rassurer et de prévenir toute récidive de passage à l'acte suicidaire.

Ses nombreuses rechutes dépressives ont gêné sa scolarité et elle doit à présent obtenir une dérogation pour passer le baccalauréat à la session de septembre. Elle est perpétuellement dans une attitude paradoxale : d'un côté, elle réclame les soins et la prise en charge, de l'autre elle les rejette parfois. Elle devait récemment être réhospitalisée à la Maison de Solenn, mais au dernier moment elle n'est pas venue ; il fallait qu'elle s'occupe de ses chiens, disait-elle. Avec eux, Antonia trouve une proximité qu'elle n'a pas avec les adolescents de son âge et elle aime qu'ils aient besoin d'elle. Il faut dire que, par un drôle de hasard, les chiens d'Antonia ont toujours des problèmes de santé : l'un est incontinent, l'autre a mis au monde des chiots mort-nés et doit maintenant être piqué… S'occuper de leurs maladies à eux la distrait de la sienne, lui donnant l'impression qu'elle peut être utile.

La maladie chronique à l'adolescence fixe le temps, puisqu'elle va accompagner le sujet toute sa vie. Elle le place en situation de passivité, le soumettant à des exigences de soins quotidiens, à un âge où, en temps normal, devenant acteur de son propre destin, on se dégage de la soumission, notamment vis-à-vis des parents. Ainsi la maladie chronique condamne-t-elle en partie à l'impuissance et entraîne-t-elle souvent la dépression.

Parce que le diabète leur donne la possibilité de jongler avec la mort, Géraldine et Antonia en profitent, pourrait-on dire. La tentative de suicide représente pour elles comme un exutoire, un moyen d'échapper à une existence qu'elles n'ont pas choisie et dont la perspective, parfois, leur est insupportable. On imagine qu'en s'injectant des doses élevées d'insuline, Géraldine cherche davantage à détruire sa maladie qu'à se tuer elle-même. Comme avec les antidépresseurs, le médicament qui soigne est aussi celui qui peut faire mourir si on le souhaite.

Chez Géraldine, le diabète est le facteur déclenchant d'une dépressivité hostile. En revanche, tout dans l'histoire d'Antonia : inhibition, doute sur soi, difficulté à se faire des amis, à prendre la parole en classe, montre que la fragilité était préexistante à la maladie. Celle-ci vient désormais lui offrir une possibilité particulière d'exprimer son désarroi et ses incertitudes adolescentes tout en les masquant.

C'est une évidence : la maladie organique n'empêche pas le trouble psychique – elle peut même en être à l'origine. Et les deux doivent pouvoir être pris en charge dans un même lieu. Je me méfie des services spécialisés qui soignent des patients d'âges différents atteints d'une même pathologie. Comme je crois à l'hétérogénéité des soins, je crois à l'hétérogénéité des maladies, regroupées en fonction de l'âge des patients. La Maison de Solenn dispose ainsi de vingt lits d'hospitalisation : six pour les troubles du comportement alimentaire, six pour la pédiatrie, six pour la psychiatrie et deux lits plus « variables » pour répondre à certaines urgences. Anorexiques, myopathes, hémophiles (comme Fabrice), diabétiques insulinodépendants, dépressifs, hystériques, états-limites se côtoient, chacun étant confronté à d'autres problématiques que la sienne. L'ouverture offre de meilleures chances d'amélioration que le huis clos avec des pairs atteints de la même affection et, de surcroît, paraît plus stimulante pour les équipes, parce que cela exige de s'adapter et de questionner sans cesse la façon d'appréhender les patients. Par la force des choses, chaque cas est singulier et empêche toute standardisation de la prise en charge qui s'apparente, à mes yeux, à un renoncement qui ne dit pas son nom.

Si l'adolescence peut être considérée comme un espace intermédiaire, la psychiatrie de l'adolescent doit être une médecine intermédiaire entre la pédopsychiatrie et la psychiatrie de l'adulte, et s'attacher à soigner la santé au sens large, sans distinction entre pathologies organiques et pathologies psychiques.

Barbara [1]

Elle avait 16 ans quand on a diagnostiqué chez elle un ostéosarcome, ce cancer des os difficilement maîtrisable dont le pronostic vital est plus que réservé. Depuis lors, elle a été suivie par une équipe très compétente de l'unité Adolescents de l'Institut Gustave-Roussy, qui va un jour nous l'adresser pour deux raisons : Barbara a tenté de se suicider et elle a maigri de façon spectaculaire, à tel point qu'on a du mal à croire que c'est là un effet de sa seule maladie.

Nous ne tarderons pas à nous apercevoir que Barbara a une vraie position anorexique. Elle se montre d'ailleurs très à l'aise avec les anorexiques du service. On imagine que, par ce comportement, elle tente de retrouver un peu de maîtrise sur son corps : la maladie le détruit, elle choisit de décider elle-même de son amaigrissement, comme si elle pouvait, au moins sur ce point, se montrer plus forte que le cancer et garder un semblant de contrôle sur son évolution.

Intelligente et talentueuse, Barbara ne tarde pas à focaliser en grande partie l'attention des soignants,

1. Comme pour Michel dans *Œdipe toi-même*, c'est le vrai prénom de cette jeune fille qui a été gardé, par affection.

confrontés pour la première fois à une pathologie aussi lourde. Son état s'améliore peu à peu et l'on considère bientôt qu'elle est apte à sortir et à reprendre le cours de sa scolarité. Mais la découverte d'une métastase pulmonaire nécessite une nouvelle hospitalisation, qui va se faire tour à tour à Gustave-Roussy, pour la chimiothérapie, et à la Maison de Solenn, parce que, de manière fort compréhensible, la jeune fille est déprimée.

Lors de sa réhospitalisation, Barbara demande à me voir et me remet un texte qu'elle a écrit, même si, dit-elle, elle le trouve médiocre. Il s'agit d'une description assez factuelle de son quotidien, où elle évite de raconter ce qui se passe dans sa tête. Dans un premier temps, j'abonde dans son sens, avec une pointe de provocation : « Je m'attendais de ta part à davantage d'imagination et de brio… » Elle fait mine de ne pas entendre, continue de parler des raisons qui l'ont poussée à écrire ces lignes, et je prends peu à peu conscience de ma maladresse : ce texte devait être, pour Barbara, une façon détournée de parvenir à évoquer sa crainte de la mort. Je tente alors comme je peux de me rattraper, mais, gêné, je bredouille n'importe quoi, m'embrouille, ne m'en sors pas. À tel point que je finis par lui dire : « J'ai l'impression que je suis en train de devenir ta mère… »

La réponse fuse, un rien malicieuse : « Ah, j'avais peur que vous ne vous en aperceviez pas ! » Elle a compris que l'émotion m'éloigne de mon rôle de psychiatre et me fait endosser une position un peu parentale.

Justement, Barbara est en conflit avec ses parents, plus particulièrement avec sa mère, comme si elle ne supportait pas l'image d'une mère qu'elle ne pourra jamais devenir. Mais ces conflits qu'elle provoque, oscillant entre rébellion, réconciliation et rupture, sont pour elle un moyen d'accélérer le temps et de vivre aussi pleinement que possible une adolescence que la maladie risque d'interrompre prématurément. À cause du cancer, les conflits ont d'abord été mis en sourdine, et le mouvement d'autonomisation et de prise de distance s'est heurté à la surprotection des parents. Barbara, elle, veut être une adolescente comme les autres. D'ailleurs, son instinct de vie prend souvent le pas sur sa dépression. Un jour où elle était chargée de rédiger le compte rendu du groupe de parole du jeudi matin, elle est venue me le remettre en disant : « Je sais ce que je ferai plus tard, je veux devenir secrétaire médicale. »

Toujours revenir à ce principe fondamental : ce n'est pas la maladie qui compte, mais le sujet. Pourtant, une pathologie comme le cancer sidère le temps et envahit tout : il oblige à des soins intensifs, suspend parfois la scolarité, fatigue, isole, focalise la révolte, le doute, l'inquiétude. Tout tourne ainsi autour de cette maladie incurable. Malgré tout, Barbara restait une adolescente, avec les caractéristiques de son âge, même si le cancer venait brouiller les cartes. La confrontation à la mort l'obligeait à devenir adulte plus tôt que les autres, tout en la mettant parfois dans des positions de régression enfantine un peu plus marquées, avec besoin de se sentir protégée, rassurée, consolée. À l'heure où beaucoup se penchent sur les préadolescents, notion pour le moins contestable, Barbara venait me montrer que nous devrions davantage nous intéresser à ce que l'on pourrait appeler les pré-adultes, ces grands adolescents.

Sa maladie organique nécessitait une prise en charge adaptée, mais ne dispensait pas d'un suivi psychologique. Pour nous, ce n'était pas son cancer qui importait, mais ce que nous pouvions mettre en œuvre pour l'aider à vivre au mieux, ou en tout cas, le moins mal possible, en relançant toujours son jeu psychique, afin qu'elle puisse reprendre sa scolarité, avoir des relations apaisées avec ses parents, faire des projets, même à court terme. Dans le fond, nous devions fonctionner comme une de ces unités de soins palliatifs qui redonnent à la médecine ses lettres de noblesse. Le sujet ne disparaît jamais derrière sa maladie et jusqu'au bout on l'accompagne, on l'écoute, on le masse, on le touche, pour qu'il ne se sente jamais abandonné et que le temps qui lui reste demeure un temps de vie, au sens plein.

L'histoire de Barbara me renvoie à mes débuts de pédopsychiatre, dans le service de pédiatrie du

Pr René Bernard. Sortant tout juste de mon expérience asilaire telle que je l'ai décrite au début de ce livre, j'espérais retrouver auprès des enfants une normalité moins perturbante que l'étrangeté des malades psychiques. Mais les minots, souvent atteints de pathologies gravissimes, étaient confrontés à la mort, ce qui m'a paru une anormalité plus grande encore, en tout cas plus insupportable. J'ai alors découvert certaines de mes limites : j'étais incapable d'effectuer les deuils successifs de ces petits auxquels je m'attachais [1]. Le temps a passé depuis. Barbara est morte aujourd'hui, mais grâce à elle notamment, je sais que, quelle que soit la maladie, le psychiatre peut toujours accompagner la vie. Je sais que je ne guérirai jamais tout à fait de sa mort et du deuil qu'elle entraîne, mais je peux les supporter, les surmonter. Barbara restera dans mon souvenir, comme Michel, comme tous ces enfants et ces adolescents que j'ai suivis et qui m'ont fait aimer le désordre de ma vie. Plus encore que les premiers, les seconds m'ont appris que, pour eux, seul compte l'instant présent. C'est pourquoi la médecine de l'adolescent doit être une médecine de l'instant, s'attachant à ce que chaque instant vécu, aussi douloureux soit-il, ne soit jamais un instant perdu.

---

1. Voir à ce sujet l'histoire du petit Michel dans *Œdipe toi-même !* (Le Livre de Poche nº 15286).

Conclusion provisoire

Je me souviens de l'un de mes maîtres qui, à un âge avancé, disait toujours : « Au stade où j'en suis de ma formation… » À l'époque, jeune interne pressé de montrer qu'il savait déjà tout, je le trouvais un peu ridicule dans sa posture d'éternel apprenti, et je le soupçonnais de fausse humilité. À présent, je le comprends et je pourrais prendre à mon compte les mots qu'il prononçait. Ma formation est loin d'être terminée. Le sera-t-elle jamais ? Je sais qu'on n'en finit jamais d'apprendre.

J'ai longtemps travaillé avec les jeunes enfants et je les ai délaissés peu à peu, non par lassitude, mais parce que je vieillissais, tout simplement. Pour tout dire, le développement de l'enfant était déjà largement exploré, presque trop balisé. Par comparaison, l'adolescence m'apparaissait comme la dernière *terra incognita* de la psychiatrie. Elle m'évoquait ces zones blanches, sur les cartes de géographie de mes années de primaire, signalant des contrées inexplorées où nul ne s'était encore aventuré. C'était assez pour satisfaire ma vocation d'enquêteur désireux de découvrir des horizons nouveaux, conscient malgré tout que certaines terres ne se laissent pas facilement approcher. Mais cette difficulté était assez excitante pour que je m'y confronte.

Personnellement, j'avais aimé mon enfance et ses bizarreries, mais je gardais peu de souvenirs de mon adolescence – plus conventionnelle, trop normale dirait-on à présent. Nous étions dans les années 1960, on écoutait du jazz, Art Blakey, Jimmy Coltrane, Sonny Rollins qu'on allait applaudir au festival d'Antibes, où l'on dormait dans des 2 CV qui valaient tous les palaces.

Je travaillais moins bien qu'en primaire, je lisais peu, j'étais mince, je faisais de l'aviron, je portais des chemises blanches à manches courtes achetées au surplus américain, des pantalons, bleu marine en hiver, beiges en été, et un duffle-coat auquel je n'ai jamais pu me résoudre à renoncer. Je passais des heures à discuter dans des bistrots où les pétards circulaient, mais je n'y touchais pas. Il m'arrivait de me soûler le samedi soir, mais j'étais très protégé par une fragilité héritée du côté maternel : tout excès entraînait chez moi des migraines terribles qui sanctionnaient chaque écart, me dissuadant de recommencer trop souvent – je laisse aux psychanalystes le soin de décider s'il s'agissait là de somatisations.

Mon père avait toujours une autorité absolue sur moi ; je ne discutais pas ce qu'il disait, j'obtempérais, je ne pensais pas que c'était un « vieux con », seulement que c'était mon père, et que lui et moi, nous étions différents.

Je savais déjà que je ne serais pas comme mes parents, que je devais les accepter comme ils étaient, dans une grande modestie. Lorsque j'allais dans des boums le samedi soir, je découvrais un monde qui n'était pas le mien : des villas avec des salles de bains, des douches et des baignoires, quand, chez moi, on se lavait dans un tub, à la pile. Et je n'étais pas loin, parfois, de haïr ce monde qui me paraissait impossible d'accès.

J'avais des amis, des garçons surtout, parce que j'étais plus à l'aise dans les rapports avec eux, dans l'amitié comme dans l'inimitié. Et si je m'intéressais beaucoup aux filles, j'avais peur de passer à l'acte. Pourtant, quand je regarde des photos de ce temps-là, je me trouve beaucoup plus beau que je ne l'imaginais à l'époque et je regrette de ne pas en avoir profité davantage, évidemment.

Le doute m'habitait et, même si je m'efforçais de le tenir à distance par le discours, en essayant d'avoir le dernier mot sur mes interlocuteurs, j'étais hanté par l'idée de ce que je n'étais pas encore et pourrais peut-être devenir un jour. J'avais envie d'inventer plutôt que d'apprendre. Je rêvais de conquêtes. J'étais en planque d'avenir plutôt que dans la réalité du présent.

Le temps a passé, j'ai vieilli, les adolescents ont changé. Je ne me retrouve pas en eux, mais je sais que nous avons en commun cet appétit de conquêtes.

Lorsque j'ai débuté, je venais à Paris une fois tous les quinze jours afin d'assister aux consultations de Michel Soulé, auquel je porte une admiration et une affection indéfectibles. Comme il remarquait un jour mon air maussade, il me demanda les raisons de cette morosité. « Quand je rentre à Marseille, ça va, parce que je suis plein du souvenir de la journée de consultations avec vous ; mais plus les jours passent, plus j'ai l'impression de mal travailler...

– Et si, plutôt que de vous efforcer de refaire ce que j'ai fait, vous tâchiez d'être un peu vous-même ? »

Encouragement banal, mais fondamental. Ne pas chercher à imiter, mais se nourrir de tous les exemples que l'on croise et qui nous impressionnent assez pour nous donner envie de poursuivre et de progresser. Ne pas s'évertuer à refaire ce que d'autres ont fait avant, mais s'inspirer de leur pratique pour trouver sa propre voie. Grâce à des maîtres, à la confiance qu'ils vous témoignent, parvenir à devenir soi peu à peu. Cela demande du temps, on le sait, c'est la conquête d'une vie.

On se dit alors que, peut-être, on n'en a jamais fini avec la quête adolescente d'une image de soi acceptable. On apprend à composer avec ses limites, mais on garde toujours au fond de soi le désir de les dépasser et de parvenir à être un peu mieux que ce que l'on est en réalité. Et l'envie demeure tenace de se prouver qu'on peut toujours s'améliorer.

Le désordre n'est décidément pas près de s'arrêter.

REMERCIEMENTS

Merci à Michel, Barbara, pour la suite.

Merci à Christiane, aux médecins, aux infirmiers, aux aides-soignants, aux enseignants, aux éducateurs, à l'assistante sociale, au personnel d'accueil et administratif de la Maison de Solenn – Maison des adolescents.

Merci aux professeurs de français, de philo de l'École à l'hôpital, de musique, d'arts plastiques, d'éducation physique, qui, avec leurs complices des ateliers radio, danse, théâtre, médiathèque (elles sont deux), coiffure, esthétique, vêtothèque et cuisine (merci les diététiciennes), m'ont accompagné dans l'aventure des soins culturels.

Merci à Geneviève, cadre supérieur, qui organise la présence effective des soignants lors de ces activités.

Merci à Maryline de l'Institut Mode Méditerranée, et à la Fédération française du prêt-à-porter féminin.

Table

Avant-propos 9
Introduction : De l'asile psychiatrique à la Maison de Solenn 13

1. Ni diagnostic, ni pronostic 27
L'auscultation psychologique 28
Il faut du temps pour établir un diagnostic 38
Quand le diagnostic fait peur 45
Pour en finir avec la notion d'incurabilité 51

2. La volonté de guérir 57
Consultation et proposition interprétative 58
La psychiatrie n'est pas toute-puissante . 64
La culture est un soin 68
La scolarité, base du jeu intellectuel 82

3. Les parents, alliés et supporters 87
Inné, acquis : un débat dépassé ? 88
« Survivre » 97
Oui à la distance, non à la parentectomie ! 107

4. Les troubles du comportement alimentaire 115
Pour une prise en charge pluridisciplinaire 116
Une psychose monosymptomatique 121
Perspectives d'avenir 129

5. Les pathologies évoluent avec le temps .. 133
Que sont les hystériques devenu(e)s ? 134
L'état-limite, un trouble complexe 144
Se mettre en danger pour se sentir exister 151

6. Dépression et suicide 157
La confrontation à l'échec 158
De la tentative isolée au suicide à répétition 164
Les différents visages de la dépression ... 171
Du bon usage des médicaments 183

7. Quand la maladie s'en mêle 193
Devenir propriétaire de sa maladie 194
Détruire la maladie 197
Barbara 202

Conclusion provisoire 207
Remerciements 213

Marcel Rufo
dans Le Livre de Poche

Détache-moi ! Se séparer pour grandir n° 30854

À la naissance, le bébé ne fait qu'un avec sa mère. C'est le temps de la fusion, où il puise assurance et force. Cependant, il faut grandir et, pour cela, prendre de la distance, afin de gagner de nouveaux territoires d'autonomie et de liberté. Mais peut-on se séparer sans peine ?

Frères et sœurs, une maladie d'amour n° 15550

On pourrait dire que la fratrie est une maladie – une maladie d'amour chronique avec ses instants de complicité, ses bonheurs partagés, ses souvenirs communs, mais aussi ses moments de crise, ses rivalités et ses jalousies. Tout commence avec l'arrivée du second…

Œdipe toi-même ! n° 15286

Faut-il dire toute la vérité aux enfants sur leurs origines ? Qu'est-ce que la rivalité fraternelle ? Comment se construit l'identité sexuelle ? Pourquoi s'invente-t-on un roman familial ? À quoi servent les symptômes et faut-il les guérir à tout prix ?

Regards croisés sur l'adolescence nº 31115
(avec Martine Choquet)

Partant de leurs constats respectifs sur les adolescents – celui du clinicien et celui de l'épidémiologiste –, les auteurs tentent de mieux comprendre l'évolution des jeunes d'aujourd'hui, leurs préoccupations, leurs attitudes face à l'adulte, à l'école comme en famille, leur mode d'expression quand ils vont mal et les points d'ancrage possibles pour la prévention et le soin…

Tout ce que vous ne devriez jamais savoir sur la sexualité de vos enfants nº 30383

Les bébés ignorent qu'ils ont un sexe. Ils vont le découvrir et se l'approprier peu à peu, à travers des expériences fondamentales qui les amèneront d'une sexualité infantile, faite essentiellement de sensorialité, à la sexualité agie de l'adolescence.

Du même auteur :

DÉTACHE-MOI ! SE SÉPARER POUR GRANDIR, Éditions Anne Carrière, 2005 ; Le Livre de Poche nº 30854.

TOUT CE QUE VOUS NE DEVRIEZ JAMAIS SAVOIR SUR LA SEXUALITÉ DE VOS ENFANTS, Éditions Anne Carrière, 2003 ; Le Livre de Poche nº 30383.

ÉLEVER BÉBÉ : DE LA NAISSANCE À SIX ANS, en collaboration avec Christine Schilte, Hachette Pratique, 1998.

FRÈRES ET SŒURS, UNE MALADIE D'AMOUR, en collaboration avec Christine Schilte, Fayard, 2002 ; Le Livre de Poche nº 15550.

VOULOIR UN ENFANT, en collaboration avec René Frydman et Christine Schilte, Hachette Pratique, 2001.

ŒDIPE TOI-MÊME ! CONSULTATIONS D'UN PÉDOPSYCHIATRE, Éditions Anne Carrière, 2000 ; Le Livre de Poche nº 15286.

COMPRENDRE L'ADOLESCENT, en collaboration avec Christine Schilte, Hachette Pratique, « La grande aventure », 2000.

HUIT TEXTES CLASSIQUES EN PSYCHIATRIE DE L'ENFANT, ESF éditeur, « La vie de l'enfant », 1999.

Composition réalisée par FACOMPO (Lisieux)

Achevé d'imprimer en août 2009 en Espagne par
LITOGRAFIA ROSÉS S.A.
08850 Gava
Dépôt légal 1re publication : septembre 2009
LIBRAIRIE GÉNÉRALE FRANÇAISE – 31, rue de Fleurus – 75278 Paris Cedex 06

31/2557/2